Замуж? Нет!

Olena Shevtsova

Published by Olena Shevtsova, 2024.

This is a work of fiction. Similarities to real people, places, or events are entirely coincidental.

ЗАМУЖ? НЕТ!

First edition. August 15, 2024.

Copyright © 2024 Olena Shevtsova.

ISBN: 979-8227085542

Written by Olena Shevtsova.

Содержание

ГЛАВА 1

Арри почувствовала, как её сознание медленно выплывает из тумана сна, словно осторожно окутанное ветром. Лёгкий шум в голове напоминал шелест листьев, едва уловимый, но настойчивый и неприятный. В теле играла непривычная ломота, словно мягкие волны покачивали её в невесомости, в разные стороны.

– Демоны, как болит голова, – хрипловатым голосом прошептала Арри и потянулась, не разлепив век.

Жутко хотелось пить, пересохшее горло вызвало лёгкий дискомфорт. Вчера она перебрала гномьего рома, и даже её сильный орчанский организм не выдержал последствий "праздника" — попытки утопить кипящую внутри злость на себя и одного чёрного дракона в приличной дозе крепкой выпивки.

В голове сразу же возник образ Дэйра аэр Чёрного – второго куратора группы молодых чёрных драконов и по совместительству главы службы безопасности клана диамантовых.

– Чтобы тебе икалось, ящерица облезлая, – тихо и недовольно прошептала Арри, переворачиваясь на другой бок.

На пробудившееся от сна сознание, как холодный душ, обрушились воспоминания прошлого дня и не только его...

Нестандартное знакомство с Дэйром, а потом неудачный спарринг с ним же. Первый раз в жизни она почувствовала себя беззащитным котёнком, которого окунули в грязь мордочкой... лицом, причём буквально. Ситуацию усугубляло то, что мужчина ей понравился, а ещё её странным образом тянуло к нему и это сильно раздражало. Причём жутко раздражало, ибо такие тонкие душевные привязанности и симпатии ничем хорошим в перспективе не заканчиваются. Арри боялась к кому-либо привязаться всерьёз, а этот дракон... он странно на неё действовал, её тянуло к нему, словно магнитом. Да и, вообще, он казался идеальным, именно поэтому она упорно искала в нём недостатки.

Арри уже давно отвоёвывает у отца право на своё "я", на право выбора мужчины и право жить так, как хочется ей самой. Ни замужество, ни длительные отношения в её планы не входят, ибо это чревато неприятностями.

Первый её мужчина – это вызов отцу, второй – упрямство и самостановление, был и третий, и четвёртый... Но всех своих любовников она выбирала сама и близость у них происходила по обоюдной, сильной симпатии, без далеко идущих планов, просто, чтобы дать разрядку телу.

В академии её считают больной на голову и другие части тела, слабой к мужскому полу, но это не совсем так. Ей просто нужна такая легенда, чтобы вождь "Чёрных вепрей", наконец, махнул рукой на дочку и больше не пробовал за её счёт заключить выгодные политические союзы. Первый кандидат в мужья, вождь соседнего клана орков. Старый, беззубый, сморщенный психопат, который захотел обзавестись третьей женой, но, когда узнал, что товар порченый сам от неё отказался. Второму жениху она выбила зубы, с третьим уже даже не знакомилась, но отец пока ещё строил на неё далеко идущие планы.

За пять лет свободного плавания у неё было всего семь любовников, а всё остальное флирт и театр, но... Арри повзрослела, пересмотрела многие свои взгляды на жизнь, избавившись от глупого романтизма, и стала действительно проще относиться к жизни и сексу, не верила она больше в "большую и чистую любовь".

То есть был седьмой любовник, появится и восьмой, и девятый... Если между ней и представителем сильного пола возникнет настоящая химия, она не откажет себе в мимолётном увлечении. Но и рабом удовольствий, Арри не становилась, не прыгала в каждую койку, хоть усердно и поддерживала эту легенду, даже в близком кругу.

– А всё так хорошо начиналось... – простонала Арри, потирая пальцами виски.

ЗАМУЖ? НЕТ!

Вчера она, как раз, морально готовила группу ведьмочек и своих трёх орчаночек к отработке за их глупость. Алэна сидела под деревом, не принимая активного участия в этом мероприятии, лениво наблюдая за ними. Хороший тёплый день, хорошее настроение, которое поменяло свой вектор на противоположный в ту секунду, когда появилась демонова диамантовая ящерица...

Совсем недавно эти идиотки – ведьмы и её орчанки, повелись на глупую провокацию со стороны двух малолетних чёрных дракончиков и вступили в прямой конфликт с представителями чешуйчатых, который закончился дракой с членовредительством. И вот в эту драку пришлось спешно вмешаться преподавателям.

А точнее кураторам ведьм и орчанок, а если ещё точнее, то непосредственно ей самой – Арранэ орг Руру (преподавателю женского крыла ВХАМа по физподготовке и по совместительству дочери вождя клана "Чёрных вепрей") и Алэне Водор-Драгонец (её лучшей подруге, куратору экспериментальной группы ведьм и преподавателю по водному целительству).

Как итог, у дракончиков появились рога, а у преподавателей ВХАМа проблемы. Точнее, проблемы намечались только у Алэны, но Арри не смогла остаться в стороне и вмешалась, выторговав участие в достаточно странном наказании ведьм и их куратора, ещё и своим орчанкам, под её бдительным присмотром.

– Две противные чёрные ящерицы, – прошептала Арри, накрыв глаза ладонью.

Вспомнился монолог Сэйра аэр Чёрного: "Думаю, моим подопечным будет полезно узнать основы магии водного целительства, а ведьмам будет полезно получить опыт по вопросам общения с представителями других рас и по самообороне, в том числе."

Какое же было незабываемое выражение на лице Алэны, когда она поняла, что курс по этой самообороне придётся пройти непосредственно и ей самой, а потом ещё и сдать по нему экзамены лично Сэйру.

Тогда Арри было смешно, а вот когда появился Дэйр, стало не до смеха...

Судорожно вздохнув, Арри замерла. Она ощутила в воздухе витающий аромат, в котором древесные ноты были изысканно переплетены с аккордами цитрусов и намёками корицы. Этот странный, но приятный запах, словно растворялся в воздухе, проникая под кожу и согревая, даря невидимый покров внутреннего уюта.

Цитрусовые ноты придавали окружающему пространству свежесть и яркость, будто мгновенное пробуждение природы после летнего дождя. Древесные аккорды заключали в ласковые объятия, добавляя воздушности и тепла, окутывая душу в ароматный, тёплый, мягкий шарф невесомой нежности. Намёки корицы, как лёгкая музыкальная вибрация, плавно вплетались в атмосферу, создавая невидимую паутину блаженства.

Словно следуя этому волшебному следу, Арри медленно открыла глаза и, затаив дыхание, встретила взгляд тёмно-янтарных глаз, сверкавших в полутьме, как две звезды в ночном небе.

– Значит, противные чёрные ящерицы? – иронично произнёс Дэйр и, протянув руку, убрал с её лба непослушный каштановый локон волос, заправив его ей за ухо.

Орчанка не веря своим глазам моргнула и сглотнула вдруг ставшую вязкой слюну, затем прокашлялась. Прямо перед ней, на соседней половине кровати, лежал никто иной, как сам Дэйр аэр Чёрный.

"Красивый, зараза..." — промелькнуло в её мыслях. Дракон облокотился на локоть, подперев ладонью голову, и задумчиво смотрел на Арри. Его атлетическое телосложение притягивало взгляд, демонстрируя силу и гибкость под тугой кожей. Рельеф стальных мышц, на которых играли свет и тень от приглушённых магических светильников, казался тайной, раскрываемой только для тех, кто осмелится на него взглянуть.

На висках у дракона блестели чёрные чешуйки, словно алмазные грани, напоминая о его драконьей сущности. Длинные волосы Дэйра небрежной волной разметались по широким плечам. Среди чёрной копны густых волос можно было заметить тёмно-синие пряди.

Два янтарных глаза с вытянутым зрачком завершали образ дракона, фиксируя взгляд на Арри, словно пытаясь проникнуть в её сущность. На мужчине из одежды были только широкие чёрные штаны, подчёркивающие его стройную фигуру и явный интерес к девушке. Выпуклость в районе паха производила впечатление.

Арри снова нервно выдохнула, почувствовав, как теряет самообладание под взглядом Дэйра, и помотала головой, стараясь прогнать навязчивое наваждение, которое, словно магическая волна, окутывало её сознание.

— Что за... — прошептала орчанка и быстро осмотрелась по сторонам. Комната была освещена приглушённым светом магических светильников, расположенных на стенах фиолетового цвета. Из полуоткрытого окна проникал прохладный воздух, наполняя пространство ароматом ночных трав и далёкими шорохами ночной природы.

В дальнем углу стояли глубокое коричневое кресло и журнальный столик, а на полу лежал чёрный ковёр с высоким ворсом.

Это точно не аудитория водного целительства! Арри ясно помнила, что она не покидала кабинет Алэны. Подруга уложила её спать на кушетку в смежной комнате для практических занятий.

— Да что за... — шипя, произнесла Арри, разворачиваясь к Дэйру. Поймав его блуждающий, жадный взгляд, она сразу ощутила, как по телу пробежала волна жара и вожделения.

Дракон хотел её и не особо скрывал это. Арри хмыкнула, довольно потянулась и, наконец, обратила внимание на свой внешний вид.

Каштановые волосы были растрёпаны, на коже с лёгким зеленоватым оттенком танцевали тени и свет. Тонкая шёлковая рубашка была измята и расстёгнута до середины, открывая соблазнительный вид округлостей её красивой и упругой груди немалого размера. Тем более что нижнее бельё она не носила. Тёмно-синие бриджи плотно облегали её длинные стройные ноги, благо обуви не было. А то был бы номер — в берцах да на чужой постели...

– Демоны... – рассмеялась Арри. Её злость утихла, уступив место непониманию и лёгкому азарту. Гномий ром ещё изрядно гулял в крови, навевая откровенные глупости. Она медленно перевела взгляд на дракона. – А я не верила Алэне насчёт странных перемещений в пространстве во время сна. Ну и как я попала сюда, ящерица? Твоих загребущих рук дело?

Глаза Дэйра ещё сильнее потемнели, и он усмехнулся. Арри обдало потоком его мощной энергии и диким, первородным желанием такой силы, что её накрыло с головой. Груди моментально налились, а соски сжались в плотные горошинки, что было хорошо заметно через тонкую полупрозрачную ткань рубашки. Взгляд мужчины плавно переместился к торчащим соскам, и из его груди вырвался тихий, властный и одновременно удовлетворённый рык. Это вызвало у Арри новую волну жара и возбуждения, она медленно стекала в район живота и оседая где-то внизу, закручиваясь в плотную энергетическую пружину желания, которое растекалось сладостным томлением. Из груди девушки вырвался тихий стон, напряжение в теле нарастало и требовало разрядки. Разум затуманился, дивный аромат пьянил не хуже рома, подушечки пальцев покалывало, а взгляд янтарных глаз затягивал всё глубже в бездну. Сейчас она хотела Дэйра не меньше, чем он её. Он понравился ей с их первой встречи, но... где-то глубоко внутри Арри знала или точнее чувствовала, что именно к этому мужчине она может по-настоящему привязаться. Такие отношения её пугали; не было желания зависеть от кого-то. Но сейчас всё летело в бездну... слишком сильная химия, слишком сильное желание, которому сложно сопротивляться, да и нужно ли?

Просто чистое безумие...

Дракону нравилась реакция Арри: её ответный порыв и откровенное желание были ему приятны. Это было чистое, без подтекста влечение. Сейчас орчанка не пряталась за маской высокомерия и безразличия. Её мимика, её глаза — всё было легко читаемо. На энергетическом уровне девушка откликнулась на его зов и притяжение, хотя сама этого ещё не осознавала.

Дэйр чувствовал, как их энергии переплетаются, создавая уникальное сочетание силы и магии.

— А это имеет значение теперь? – хрипловато произнёс Дэйр. Крылья его ноздрей слегка подрагивали, и он глубоко втянул носом её запах, полный желания.

От этого стало ещё жарче и неуютнее. Тонкая ткань одежды начала тереться и царапать возбуждённое тело, создавая дискомфорт.

Будь Арри моложе и менее опытной, она бы давно сбежала отсюда или, по крайней мере, попыталась бы это сделать. Дракон был хищником, и от него так просто не скрыться. А сейчас... Сейчас Арри сама включилась в эту чувственную, взрослую игру. Кровь закипала, в ней начал гулять чистый адреналин вместе с возбуждением, зрачки расширились, а сердце забилось быстрее. Захотелось до дрожи в пальцах прикоснуться к мужской груди, провести по рельефу стальных мышц, попробовать его кожу на вкус, испытать сладость поцелуя и отбросить все условности и страхи, отдаваясь порочным желаниям.

Чего именно она боится, Арри подумает завтра. А сейчас ей хочется сгореть в этой дикой страсти, в огне его любви и желания — таком чистом и откровенном, без фальши и лишнего лоска.

Так, как на неё сейчас смотрит Дэйр, на Арри ещё никто не смотрел. Словно она — центр его мира, глоток свежего воздуха, жемчужина его души, без которой он просто не сможет существовать. Это откровенно разжигало огонь в её крови, заставляя её жаждать этого мужчину не меньше, а, возможно, даже больше, чем он её.

Дракон не уловил всех перемен в настроении орчанки и опасался, что попытка побега всё же может состояться. Поэтому он плавно, как настоящий хищник, переместился вперёд, подгрёб девушку под себя и навис сверху, вглядываясь в её тёмно-жёлтые глаза.

– Сладкая, – прошептал Дэйр. – Теперь не убежишь... Не отпущу больше!

Мужчина наклонился ниже, чтобы прикоснуться губами к её губам, смять их и ощутить сладость её шёлка. Он стремился не только испытать наслаждение, но и, возможно, подчинить её, вытеснив из её сознания желание перечить.

Арри ощущала его намерения каждой клеточкой своего тела. Энергетика бурлила, вызывая шторм эмоций. Груди ныли, внизу живота всё болезненно сжалось, а мощь желания Дэйра так откровенно упиралась в её промежность, заставляя инстинктивно раздвинуть ноги и обхватить коленями бёдра мужчины.

Даже ткань одежды не могла затушить яркие, дикие и острые ощущения восторга. Ни одного мужчину она не хотела так сильно, неистово и без остатка, как этого дракона. Этот танец любви обещал быть особенно ярким и неповторимым...

– Хм... – прошептала Арри. Её глаза сверкнули в полутьме, и она плавно вывернулась из-под дракона, опрокинула его на прохладную атласную простыню, и сама нависла сверху. Перехватив его руки и переплетя свои пальцы с его, она прижала их к подушке. Дэйр усмехнулся, но отдал инициативу девушке. Это только больше его распалило, хотя он и сдерживал себя.

Арри снова охватило возбуждение, и, инстинктивно потёршись промежностью об пах дракона, она снова ощутила, как одежда начинает мешать. Из груди вырвался тихий стон разочарования. Здравые мысли растворились, и девушка, наклонившись, впилась в желанные губы мужчины, сминая их и смакуя в долгом, глубоком и страстном поцелуе. Это было настолько мощно, что их обоих захлестнуло волной всепоглощающей страсти, заставив утратить связь с реальностью.

Долго доминировать ей не дали. Дэйр высвободил свои руки и, рыча, разорвал её рубашку. Раздался жалобный треск ткани, и мешающая деталь одежды отлетела в сторону. Горячие мужские ладони, наконец, накрыли груди Арри, даря ей наслаждение и немного унимая пульсирующее напряжение в теле. Она застонала и выгнулась, желая плотнее прижаться нежной кожей к его шершавым пальцам. Острая волна удовольствия вновь захватила её, особенно когда подушечки его пальцев пробежались вокруг набухших сосков, поглаживая чувствительную кожу. Нежно и аккуратно он начал играть с этими горошинками, где, казалось, собрались все её нервные окончания, усиливая её наслаждение до предела.

– Дэйр... – выдохнула Арри, ощущая, как её тело охватывает острая волна наслаждения, погружающая её в сладостную негу.

Дракон резким движением опрокинул её на прохладную простыню и стремительно стянул с неё бриджи, одновременно избавляясь и от своих штанов. Затем он устроился между её ног, заставляя Арри раздвинуть их шире. Напряжённая мужская плоть опять упёрлась в её промежность, скользнула по влажным, дрожащим лепесткам, вызывая дрожь и затрудняя дыхание от предвкушения. Низ живота сжался от острого желания, и Арри застонала, обвив шею дракона руками. Тепло его кожи и пьянящий аромат пробуждали в ней самые глубинные, тёмные желания, заставляя её гореть и плавиться в его объятиях. Она подалась вперёд, приподняв бёдра, желая вновь почувствовать его возбуждение, получить самую сладкую ласку... Ей хотелось ощутить его в себе... полностью... до самой глубины. По телу пробежала сладкая судорога, и их губы сплелись в страстном поцелуе. Они оба млели от наслаждения и возбуждения. Руки Дэйра исследовали её тело, находя самые чувствительные зоны, заставляя Ари извиваться под ним и стонать. Его губы дарили невероятное наслаждение, погружая её в глубокую истому. Это было настоящей магией, волшебством, предназначенным только для них двоих...

— Дэйр... — вырвалось из груди Арри, когда он провокационно потёрся своей плотью об её лоно.

Мужчина не спешил. Арри почти захныкала, качнув бёдрами навстречу его естеству. Дракон хмыкнул, его рука скользнула вниз, раскрывая бархатные лепестки её лона и поглаживая их. Лёгкие круговые движения его пальцев проникали внутрь, а подушечка большого пальца нежно скользнула по клитору.

— Дэйр, Дэйр... Я больше не могу! — выдохнула она, тело горело от нетерпения и страсти.

Арри выгнулась, и губы мужчины тут же накрыли её грудь, его язык запорхал, даря острые волны наслаждения. Дракон продолжал играть большим пальцем с её клитором, в то время как другой его палец проникал в её лоно, подготавливая его к основному проникновению. Бёдра Арри ритмично поднимались вверх навстречу его руке, а дыхание становилось всё более рваным и прерывистым. Напряжение внутри нарастало с каждой волной наслаждения, стремясь взорваться сверхновой. Но этого было недостаточно. Ей хотелось большего, хотелось ощутить Дэйра в себе полностью и без остатка. Она жаждала разрядки, но он растягивал удовольствие, превращая эту игру в сладкое мучение.

ЗАМУЖ? НЕТ!

Арри вновь ловко сменила расположение их тел, оказавшись сверху дракона. Упругая грудь качнулась перед глазами мужчины, в каштановых волосах девушки заиграли отблески магических светильников, а её глаза лихорадочно блеснули. Теперь уже она потёрлась об его возбуждённую, гладкую, атласную плоть, не спеша переходить к главному, как бы смакуя момент... Арри уже вся текла и томилась от желания, но безумный блеск в глазах мужчины, его желание, его энергия... Всё это гипнотизировало её, хотелось насладиться им сполна, прежде чем раствориться в чистой энергии страсти, окончательно теряя нить с реальностью.

Дэйр, сцепив зубы, простонал от наслаждения и подался бёдрами вперёд; Арри была для него слишком сладкой и желанной. Эта девушка, её кожа как бархат..., она манила, затягивала в бездну, её аромат дурманил, завораживая и погружая в беспамятство. Желание обладать ею было настолько острым и сильным, что выбивало остатки разума из головы, превращая каждый миг в огненное страстное воспламенение.

Арри не стала мучить ни себя, ни дракона. Она грациозно приподнялась и, без промедлений, насадила себя на его твёрдую, возбуждённую плоть до самого основания. Замерла на мгновение, привыкая к его размерам и наслаждаясь моментом, а затем начала плавно двигаться, задавая ритм и позволяя волнам страсти, как жидкий огонь, течь по их жилам. Каждое её движение было пронизано страстью, пробуждая в обоих пламя неутолимого вожделения.

Рыкнув от удовольствия, Дэйр крепко обхватил её бёдра своими ладонями и начал двигаться в унисон с её ритмом. Сладкие и ритмичные движения, которые приносили наслаждение обоим, закружили их в водовороте неистовой страсти. Мысли растворились, оставив только пламя в крови, которое соединяло их как физически, так и эмоционально. Их тела слились в древнем, первобытном танце любви; губы слились в поцелуе, приглушая тихие стоны наслаждения, которое плавно подходило к кульминации. Энергетические потоки объединились в единый поток, усиливая каждый момент наслаждения и делая каждое прикосновение ярче.

В воздухе закружились световые вихри. Лучи драконьей энергии, сверкающие как огненные змеи, сплетались с магической аурой Арри, создавая ослепительный светящийся ореол вокруг их тел. Энергия переливалась всеми цветами радуги — от яркого оранжево-золотистого блеска до мягкого фиолетового сияния, фонтанируя и танцуя в воздухе, добавляя ещё больше магии и страсти в их танец...

Ещё сильнее, резче, до предела и острее, ещё ярче — всё это неумолимо подводило их к кульминации момента и разрядке. Каждое движение становилось всё более насыщенным и пылким, усиливая страсть до предела. Они, словно охваченные огнём, стремились к вершине экстаза, где каждый момент, каждая волна удовольствия приближала их к неведомой высоте, обещая взрыв полной разрядки и абсолютного блаженства.

Арри вскрикнула от острого пика наслаждения, её тело дрожало в экстазе, изгибаясь дугой и откидывалось назад. Она сжимала бёдра дракона своими ногами, чувствуя, как низ живота сладостно пульсирует, плотно охватывая его плоть и вызывая болезненную сладость, делая момент ещё ярче. Дэйр, не выдержав этого накала, сорвался вслед за ней, изливаясь жаром в её лоно, растворяясь в этом непередаваемом моменте.

Когда орчанка без сил упала на его грудь, не разъединяя их тела, и безмятежно потёрлась подбородком об стальные мускулы дракона, она почувствовала, как его плоть вновь начинает наливаться прямо внутри её лона. Арри приподнялась и затуманенным, довольным взглядом посмотрела на Дэйра. Дракон нежно изменил их позу, вдавливая её в постель, и впился в её губы глубоким поцелуем, сделав резкий и мощный толчок, потом ещё один... Новая волна возбуждения моментально разлилась по её телу, окутывая её ещё более ярким наслаждением.

Засыпала Арри, как довольная и сытая кошка, на плече у Дэйра, положив свою ладонь на его грудь и слушая тихое, мерное биение его сердца, которое её убаюкивало.

ГЛАВА 2

Арри дремала, и выныривать из этой лёгкой и приятной дремоты не хотелось. Впервые в жизни она чувствовала себя совершенно безмятежно: абсолютно ничего не волновало, а наоборот, всё крайне устраивало, казалось естественным и правильным. В душе наступил долгожданный покой и умиротворение. Хотелось вот так просто лежать, расслабив каждую мышцу в теле, и никуда не спешить. Дать себе, наконец, возможность выспаться, но кто бы её спрашивал...

Лёгкие порывы прохладного ветра ласкают обнажённую кожу, будто приглашая проснуться от долгого сна. Чужое дыхание тонко смешивается с ароматом утренней свежести, щекочет и будоражит всё внутри, заставляя выгнуться и плотнее прильнуть к твёрдому мужскому телу. Тёплые, шершавые губы тут же касаются её шеи, прокладывая чувственные, невесомые, влажные дорожки из поцелуев к плечу, а затем медленно возвращаются обратно к уху.

Дэйр нежно прикусил мочку уха Арри и потёрся носом об её висок, утробно и удовлетворённо зарычав. И было в этом рыке что-то настолько древнее и властное, что моментально разогнало по её телу волну обеспокоенных мурашек, а сама девушка пыталась упорно игнорировать поднявшее голову беспокойство.

– Арри, – прошептал чёрный дракон, заключая орчанку в тёплый кокон своих рук. – Сладкая девочка и вся моя.

После такого смелого заявления возникло мимолётное желание дать наглецу по рукам и обозначить границы дозволенного. То есть чья она, Арри будет решать сама, и никакая вредная ящерица не будет заявлять на неё свои права, тем более безосновательно. Однако вредничать и перечить дракону именно сейчас хотелось вяло. Вот почему желание возникло и тут же погасло, уступив место природной лени и неге, из которой выныривать в холодную и жестокую реальность по-прежнему не хотелось. Слишком хорошо прошла их ночь любви, слишком сладко и неповторимо. Мышцы до сих пор приятно ломило, а ведь у неё тренированное тело... кажется, она даже умудрилась сорвать голос от стонов...

Дэйр, словно почувствовав лёгкую смену её настроения, хмыкнул. Затем обвёл подушечкой пальца её лопатку, вырисовывая там забавные узоры.

– Дэйр... – немного недовольно произнесла Арри, поёрзав на постели, чтобы прекратить это безобразие и получить, наконец, немного свободы. Но вместо этого оказалась ещё плотнее прижатой к груди мужчины, а его восставшая плоть начала нагло протискиваться между её ног прикасаясь к лону. Это волновало...

— М-м..., какое интересное утро, — тихо прошептала Арри, потянувшись и откинув голову на плечо Дэйра. Она приподняла одну ногу, позволяя твёрдой, возбужденной плоти дракона скользнуть по начавшим влажнеть складочкам её лона. Нежное и откровенное соприкосновение разлилось по телу волной желания. Из горла Арри вырвался довольный предвкушающий стон, а когда мужская рука накрыла её грудь и нежно сжала, начав играть с соском, она задрожала и часто задышала, нетерпеливо поёрзав бёдрами.

– Ты что творишь, ящер чёрный?

– А тебе непонятно, радость моя клыкастенькая? – усмехнулся Дэйр, снова прикусив на мгновение мочку её уха.

– Дай поспать, дракон бессовестный, ты же всю ночь с меня не слазил! – хмыкнула орчанка, хоть на самом деле ей уже не так сильно хотелось спать, а вот одного конкретного дракона с каждой секундой хотелось всё сильнее.

– Кто ночью чаще был сверху — это спорный вопрос, – хрипловатым от желания голосом произнёс Дэйр. – Пожалуй, теперь моя очередь немного подоминировать, а ты расслабься и получай удовольствие.

Его затвердевшая плоть снова скользнула по складочкам, задевая клитор, и Арри сипло выдохнула, сжимая пальцами простыню. Возбуждение дракона передалось и ей, она буквально млела в его руках, плавилась от его шёпота и разгоралась, как пламя от поцелуев. Ни с одним мужчиной ей не было так хорошо, как с ним. Он, словно был создан для неё, идеально подходил, понимал с полуслова, взгляда... находил самые чувствительные места на её теле, чувствовал её желание, а она тонула в его тёмно-янтарном взгляде, грелась в его энергии и сходила с ума от дикого блеска желания в его глазах. С этим мужчиной Арри позволила себе полностью отпустить самоконтроль; она выгибалась и стонала, а ещё впервые в жизни желала сделать мужчине не менее приятно, чем он ей. Но сейчас дракон играл в свою чувственную игру, не давая ей опомниться.

– Дэйр, – простонала Арри, когда он легонько прикусил кожу на её шее. Вроде невинное действо, но столь интимное и... высшая степень доверия. Тело ныло и требовало всё больше ласки: груди налились, соски сжались и потемнели, а внизу живота разлилось томление.

Дракон приподнялся и заставил Арри поменять позу, встать на колени, упёршись руками в подушку, а затем одним мощным толчком взял её сзади, на мгновение замерев, давая возможность привыкнуть к его телу. Низ живота орчанки приятно запульсировал, она прогнулась в спине и выдохнула, прикрыв глаза. Так жарко и плотно...

Дэйр начал двигаться сначала очень медленно и нежно, постепенно ускоряя темп. Арри бессознательно подстраивалась под его ритм, выгибалась и стонала, желая принять его в себя ещё глубже... сегодня её устраивала роль ведомой. Секс с драконом был невероятным: он чувствовал её, менял угол проникновения, то брал жёстче, то медленно и томительно, заставляя девушку дрожать и срываться на крик, шептать его имя и просить... Сладко, страстно, невероятно чувственно. Тело горело и требовало разрядки, обещая самые яркие звёзды.

Толчок, ещё один... Арри застонала и вновь прогнулась в спине, откидывая голову назад. Дракон двигался как заведённый, его хриплое дыхание будоражило кровь. Когда мужчина нагнулся и стал покрывать её спину поцелуями, при этом не покидая её лона и продолжая ритмично двигаться в нём, Арри задрожала. Мышцы живота сжались, словно пытаясь взять в сладкий плен мужское естество Дэйра, не желая отпускать его на свободу.

Дракон выпрямился, запрокинул голову к потолку, обхватил широкими ладонями её за бёдра и на мгновение замер полностью погрузив набухший член в ее лоно. Из его груди вырвался глухой, утробный стон. Впечатления были настолько яркими, что он еле сдерживал себя, чтобы не сорваться и не кончить. Хотелось продлить миг удовольствия.

Арри нетерпеливо толкнулась назад, её трясло.

— Не спеши, сладкая, дай насладиться тобой в полной мере... Ты такая тёплая, узкая и нежная... — прошептал дракон, снова толкнувшись и, кажется, ещё глубже проникнув в неё. Он наклонился чуть вперёд, покрывая поцелуями плечо и лопатку девушки. Дэйр подвигал бёдрами, заставив её задрожать от волнующего ощущения.

Ладонь Дэйра скользнула по рёбрам Арри, исследуя их плавные изгибы, а затем, с нежностью и теплотой, накрыла её ноющую грудь, едва касаясь, словно боясь нарушить её хрупкую чувствительность.

— Дэйр... я больше не могу... — прошептала Арри, чувствуя, как всё внутри неё накаляется и вот-вот взорвётся, отпуская на свободу взбесившуюся энергию.

— Моя каяра... — прошептал дракон, продолжая осыпать её плечи поцелуями. Его рука медленно скользнула вниз, и подушечки пальцев накрыли чувствительный бугорок клитора.

Резкие, ритмичные движения внутри её лона и волшебные, скользящие по клитору пальцы слились в единое волшебство.

Арри сорвалась, стонала, выкрикивала имя дракона и извивалась под ним, как змея, а Дэйр продолжал двигаться всё быстрее, приближая их к кульминации и звёздам. Их дыхание сбилось в едином порыве, тела соединялись и двигались в одном ритме, а потом они задрожали, внутри разлилось невероятное наслаждение. Взгляд помутнел, отпуская сознание на свободу...

– Каяра... – прошептал Дэйр, его охватило острое наслаждение почти одновременно с Арри. Плоть запульсировала, не покидая лона девушки, а из груди дракона вырвалось победное рычание. Яркая вспышка наслаждения волнами разливалась по его телу сладостной истомой.

Арри пришла в себя не сразу. Она лежала, положив голову на плечо Дэйра и забросив ногу на его бёдра. Сознание вяло возвращалось к своей хозяйке. Её взгляд встретился с блеском солнечного света, проникающим в спальню через распахнутое окно. В этот момент она ощутила, как первые лучи утреннего солнца тепло обнимали её лицо, лаская и наполняя комнату светом и теплом. Пение птиц создавало приятный фон звуков природы на задворках сознания.

Двигаться не хотелось, думать тоже... Дэйр положил широкую ладонь на её талию и начал нежно поглаживать её.

– Ты невероятный, – глупо улыбаясь, как в детстве, прошептала Арри, погладив пальчиками мощную грудь любовника.

Произнесла всё это без задней мысли, а дракон довольно хмыкнул.

– Знаю, – прошептал он, но прозвучало это слишком самоуверенно, что моментально резануло слух и заставило Арри напрячься. Момент очарования и сказки был разрушен.

ЗАМУЖ? НЕТ!

Она замерла и недовольно поморщилась, а потом, вздохнув, стала подниматься с кровати, понимая, что в гостях она засиделась слишком долго.

Взгляд пробежал по спальне в поиске одежды. Её бриджи валялись где-то под высоким столом, собственно, там же лежали и штаны дракона. А вот с рубашкой дела обстояли плохо...

Память услужливо напомнила Арри, как вчера ночью Дэйр в порыве страсти просто сорвал рубашку с её тела, не особо жалея тонкую ткань. Вот сейчас её некогда любимая чёрная рубашка больше напоминала тряпочку, разорванную на отдельные лоскутки.

— Твою же налево! — разочарованно произнесла Арри и спокойно перелезла через Дэйра, соскакивая босыми ногами на пол. — Неужели нельзя было просто снять? Разрывать зачем?

— Ты куда собралась, радость моя? — приподнял одну бровь дракон и тоже сел, сложив руки на широкой, мускулистой груди.

— Как говорится, пора и честь знать, — хмыкнула Арри, поднырнув под стол и схватив небрежно разбросанные там вещи. Услышала сдавленное рычание и хмыкнула, осознав, что сейчас светит голым задом перед драконом. Быстро вылезла обратно. Чёрные штаны Дэйра она просто бросила прямо в него. Дракон перехватил их в полёте и положил рядом с собой, не спеша одевать. Арри же стала поспешно натягивать на себя бриджи, потом поймала на себе задумчивый взгляд Дэйра и подкатила глаза к потолку.

— Что? — иронично хмыкнула орчанка.

— Не думал, что одеваться можно не менее соблазнительно, чем раздеваться, — довольно хмыкнул Дэйр, плавно скользя взглядом по её стройным ногам вверх.

Он остановил взгляд в районе её груди. Соски девушки от такого пристального внимания тут же напряглись и потемнели. Арри скривилась и поспешно прикрыла ладонями грудь. Не из-за излишней застенчивости, а скорее из принципа. Да и вот такая реакция мужчины на её тело льстила и распаляла, а это было не ко времени.

— Так соблазнительно, что хочется раздеть обратно, — спокойно произнёс дракон, переведя взгляд на её глаза. — И куда ты так спешишь, радость моя?

— Напомни мне, пожалуйста, в какой именно момент я стала обязанной отчитываться перед тобой? — иронично приподняв бровь, произнесла Арри.

— Может, в тот, когда оказалась в моей постели? — хмыкнул Дэйр.

— Не аргумент, — рассмеялась Арри, заметив на спинке стула мирно висящую рубашку дракона. Она спокойно подхватила её и стала натягивать на себя. Потом бросила взгляд на начавшего хмуриться дракона и качнула головой, закатывая рукава, чтобы не свисали до колен. — Дэйр, ты умопомрачительный, страстный и даже невероятный, но... если бы я отчитывалась всем, с кем спала...

— Арри... — очень тихо, но с рычащими нотками в голосе произнёс дракон, сощурившись.

— Я надеюсь, ты понимаешь, в какое именно место стоит тебе засунуть твои патриархальные замашки? — Арри опять хмыкнула, немного жадным взглядом пробежала по телу мужчины, а потом, посмотрев в его глаза, улыбнулась и произнесла. — Срам прикрой, сладкого сегодня больше не будет.

Орчанка, перехватив полы рубашки, завязала их в узел на животе, соблазнительно оголяя его при этом, а потом расправила вырез рубашки на груди, делая достаточно открытое и провокационное импровизированное декольте. Дэйр рыкнул, затем одним рывком натянул на себя штаны и поднялся на ноги.

— Ты в таком виде никуда не пойдёшь!

— Кто сказал?! — возмущённо произнесла Арри, уперев руки в бока и соблазнительно выпятив грудь вперёд. — Дэйр, одна проведённая с тобой ночь ещё не даёт тебе права...

— Маленькая, глупенькая девочка, — прошипел дракон, плавно перемещаясь прямо к орчанке. Мужчина навис над ней, заставляя её задрать голову вверх, чтобы возмущённо посмотреть в его глаза. — За этой ночью будет и вторая, и третья, и все последующие ночи, и не только ночи! — хмыкнул Дэйр, его глаза зло и предупреждающе блеснули. Это вызвало ещё одну волну чистого возмущения Арри, а такие заявления разбудили в ней природное упрямство и противоречие. — Кроме меня у тебя больше не будет других мальчиков. Всё, набегалась! Заруби это себе на носу и смирись!

— Да я лучше тебе хвост оторву! — прошипела Арри, ткнув указательным пальцем в грудь Дэйра.

— Не стоит, — рассмеялся Дэйр, плавно отведя её руку в сторону. — Поверь, он нам ещё пригодится...

— Извращенец! — Арри чуть не подавилась от возмущения.

— Арри... — Дэйр протянул к ней руку, желая прикоснуться к её щеке, но...

Арри, ведомая возмущением, мгновенно среагировала на движения Дэйра, проведя быстрый уклон вбок и следом выполняя серию ударов по корпусу дракона, используя свою ловкость.

Дэйр зашипел, потом уклонился от новой серии ударов и начал ставить защитные блоки. Их схватка плавно перешла в ближний рукопашный бой. Арри использовала технику орчанского рукопашного боя — силовые приёмы и манёвры, направленные на дестабилизацию противника. Однако Дэйр не собирался уступать и ответил серией ударов совершенно непонятной для Арри техники, внедряя элементы острых ударов и блестящих контрударов, при этом учитывая свою мощь, чтобы серьёзно не навредить девушке.

Они кружили друг напротив друга, пытаясь определить слабые места противника. Выпады и удары дракона становились всё быстрее и более эффективными, и он начал постепенно контролировать поле боя. Арри сопротивлялась как могла, используя свою ловкость, уклонялась от прямых ударов, но давление со стороны Дэйра делало её защиту всё более сложной, и это выматывало её...

В какой-то момент Арри оказалась прижата к холодной стене с задранными вверх руками. Дэйр одной рукой зафиксировал её запястья, а сам навис сверху, буквально вдавливая своё тело в её.

— Дракон... — недовольно прошипела Арри и дёрнулась, но, естественно, никто не собрался отпускать её на свободу.

— Хочешь чувствовать себя победительницей, прошу в мою постель, там я тебе уступлю, — хмыкнул Дэйр. — В реальной схватке нет, да и это... — он красноречиво обвёл взглядом тот хаос в спальне, который появился после их драки. — Нельзя приравнять к реальному бою! Окажись ты в реальной битве с участием взрослых драконов... если бы и выжила, то осталась бы калекой.

— Может, я твой хвост жалею? — нервно выдохнула Арри, ей не нравилось чувствовать себя слабой. — Да и дракон, дракону рознь!

— Верно, — Дэйр кивнул, соглашаясь с ней, — рознь, но, если нарвёшься на взрослого, опытного, высшего дракона, не выживешь! Сколько тебе? Двадцать пять? Тридцать? По нашим меркам, ты ещё совсем птенец!

— Ночью ты так не считал... — практически выплюнула Арри и дёрнулась, но её снова прижали к стене.

— Но ты всё же не дракон, и у тебя там, — Дэйр красноречиво посмотрел на выглядывающие из-под выреза рубашки соблазнительные женские полушария груди. — Всё очень хорошо сформировано и соблазнительно! — Мужчина перевёл взгляд на потемневшие от злости глаза Арри.

— Я тебе зубы выбью, — очень тихо, но уверенно произнесла орчанка.

— Не сможешь, — хмыкнул Дэйр. — Будь на моём месте обычный маг, орк или гном... возможно. Арри, ты хороша, но тебе не хватает практики и терпения.

ЗАМУЖ? НЕТ!

— Я тренировалась наравне с мужским крылом академии! Я преподаватель в конце концов! — прошипела орчанка.

— Твои движения слишком импульсивны, а в бою должен действовать прежде всего холодный рассудок. Там нет времени на эмоции и раздумья! И поверь... — он тихо засмеялся. — Твой совет ведьмочкам бить по центру принятия решений не всегда практичен. Да, в повседневной жизни... в баре, против подвыпившего идиота... Давай успокоимся и поговорим спокойно? Не строй из себя суперженщину. Ты прекрасный преподаватель для женского крыла, и сама очень перспективный боец, но... Я...

— Научи, — на одном дыхании произнесла Арри, нервно кусая губы и перебивая дракона.

— Ты сейчас серьёзно? — приподняв одну бровь, спросил Дэйр.

— Но только научи, а не используй меня как манекен для демонстрации ловкости и силы, макая лицом в любую мало-мальски подходящую лужу! — немного возмущённо произнесла Арри.

— Так ты обиделась, — брови дракона поползли вверх, словно до него только сейчас дошли простые истины. — Честно, я тогда не специально, так получилось случайно. Я ведь и сам потом в ней искупался, причём с твоей помощью!

— Мало искупался! — зло выдохнула Арри, а потом сощурилась. — Научишь?

— Только через постель, — рассмеялся Дэйр и покачал головой, понимая, что сейчас о чём-либо другом говорить с этой невероятной женщиной бессмысленно.

Ну вот как ей объяснить, что она его истинная пара? Поэтому и оказалась ночью в его постели. Уж очень сильно эмоциональное у них получилось знакомство, так и искрило... энергия сходила с ума, тянулась друг к другу, желая смешаться. Вот их обоих и накрыло, первично притянув друг к другу. Когда он проснулся и обнаружил в своей постели своё дневное наваждение... а теперь процесс привязки запущен, назад дороги просто нет. Да и не согласился бы Дэйр всё отмотать назад — только идиот отказался бы от своей истинной пары.

— Что? — не веря собственным ушам произнесла Арри и моргнула.

— Хочешь личного тренера, добро пожаловать в мою кровать, — Дэйр растянул губы в победной улыбке. — И пока ты будешь со мной, никаких других мужчин. У меня нет времени бегать за тобой, как мальчишка, и ломать всем падким на твоё тело кости. Верность прежде всего!

— Верность? — возмущённо произнесла Арри. — А сам...

— Обоюдная, — Дэйр качнул головой и сейчас говорил вполне серьёзно. Да и зачем ему теперь другая? Но просвещать свою пару о таких подробностях решил не спешить. — Соглашайся, а то ведь я могу и передумать.

— Знаешь, что... — зло произнесла орчанка. — Я ведь сейчас соглашусь, а потом буду мило просто спать, посапывая в твоей кроватке!

— Арри... — обречённым голосом произнёс Дэйр. — Кровать равно секс. Хотя секс у нас с тобой будет не только в кровати! — и сказано это было очень многозначительно.

— Нет, Дэйр! — Арри возмущённо качнула головой. — Тренировка равно секс, а то ты слишком раскатал губу!

— Потом не проси дать тебе выходной, — хмыкнул Дэйр. — Идёт, но верность не обсуждается!

— Да ты...

— Не находишь, что пришло время расплатиться за первый урок?

Произнеся это, дракон выпустил её руки из плена и впился губами в её губы, сминая их в порыве неудержимой страсти. Тело Арри ответило на этот жар желания, как предательский союзник: орчанка обвила шею дракона своими руками, притягивая его ещё ближе, а её ноги обхватили его бёдра. Их тела стали сливаться в одном безумном танце, где каждый вздох и прикосновение становились всё более страстными и неутолимыми.

25

ГЛАВА 3

– Карах... Надо же было так вляпаться! – недовольно проворчала Арри, вспоминая свои недавние приключения с Дэйром. – Почему у меня мозги рядом с диамантовым напрочь отключаются? Веду себя действительно как драконий желторотый птенец, у которого силищи много, мозгов ноль и энергетика штормит. Даже понимаю, почему Дэйр считает меня глупой малолетней идиоткой. Потому что веду себя именно так! Словно у меня гормоны шалят... А может, действительно шалят? Надо же... – Арри скривилась. – Как зациклило на одном мужике, из головы выкинуть его не могу! Чтобы ему икалось, и некоторые части тела не подымались, карах... – орчанка снова скривилась.

Вчера сбежать от дракона ей удалось только ближе к обеду, и то только потому, что его отвлекли и срочно вызвали к ректору. А так бы...

– Маньяк! – выдохнула Арри и передёрнула плечами. Её тело ещё очень хорошо помнило их любовные игры, и самое смешное, что она отдаёт себе отчёт: стоит ей снова попасть в загребущие лапы чешуйчатого, и она полыхнёт как пламя. – Знала, что драконы чокнутые, но не думала, что до такой степени! И ведь здоровья хватает... – орчанка потёрла грудь, которая от воспоминаний о Дэйре сразу же налилась и начала болеть.

После почти суточного любовного марафона её откровенно штормило, губы горели, кожа была слишком чувствительной, мышцы ныли... Причём те мышцы, о существовании которых она и не подозревала, хоть являлась преподавателем по физподготовке в женском крыле ВХАМа. А ведь ей хватило ума потребовать у Дэйра именно на сегодняшний вечер первую серьёзную тренировку.

– Упрямая дура! – выругалась Арри, поминая саму себя незлым тихим словом. – Вот каким местом думала? Да от него бежать нужно, как... – выдохнула она, понимая, что в перспективе хотела бы снова оказаться в объятиях этого сногсшибательного мужчины, но... – Демоны, я к этому не привыкла! Мужчина – это проблема, а оно мне нужно? Но, карах... какой... – она опять выдохнула, пытаясь подобрать слова, – какой впечатляющий гад и как дерётся!

Техника боя диамантовых драконов впечатляла, ну, по крайней мере, одного конкретного дракона, который ещё и, по совместительству, являлся главой службы безопасности драконьего клана. Арри считала себя неплохим бойцом, но Дэйр смог ей доказать, что это далеко не так. И вот хотелось научиться этому стилю борьбы, понять его тонкости, познать тайны, но... проблема была в том, что она уже сейчас еле волочит ноги, а что будет к вечеру — большой вопрос.

Арри до сих пор не понимала, какой демон дёрнул её согласиться на условия диамантового дракона и фактически самостоятельно подписаться на роль его постоянной любовницы. Дэйр аэр Чёрный околдовал её разум и её тело, которое плавилось от каждого его прикосновения, выбивая из лёгких воздух и из головы здравые мысли.

Всё как-то навалилось одновременно и сразу. Девочки с их глупой дракой в баре "Весёлый Орк" с малолетними драконами, попавшими в академию по программе "обмен опытом". Да, эти чешуйчатые козлы первыми полезли к ведьмам. Они, вообще, целенаправленно искали неприятности на свой хвост, но... у них было оправдание в виде несформировавшегося энергетического поля и из-за этого эмоциональными перегибами. Каждый знает: не вступай с драконом в открытый конфликт, если есть такая возможность — просто беги! Нет же... Слово за слово завязалась драка. Лия осыпала драконов порошком, из-за которого у них на головах стали расти рога. Мальчикам это не понравилось, и они, взревев, выдрали у своей обидчицы клок волос. Тора — орчанка из группы подопечных Арри — встала на защиту ведьмочек. Послышался тихий хруст...

У Арри чуть сердце не остановилось, когда она осознала, что это может быть не просто хруст, а сломанная рука молоденькой орчаночки! Девочка побледнела как мел, попятилась, врезавшись в стену, и начала медленно оседать на пол. Болевой шок! Орки практически неуязвимы, но, если умудриться нанести им серьёзную травму... у них очень низкий болевой порог. Хорошо, что тогда рядом оказалась Алинэ и фактически срастила кость. Иначе всё могло закончиться очень плохо.

Потом разборки у ректора, назначение наказания... Как тогда сказал ректор? «Извечная дилемма: поступить человечно и правильно или так, как нужно. Вы выбрали человечно, значит, разгребать будем... теперь уже все вместе!»

Вот и приходится разгребать. И всё бы ничего, если бы не появление на фоне этих неприятностей ещё и новых попыток "любимого" папочки выдать Арри поспешно замуж за подходящего, по его мнению, кандидата в мужья... И вот появление на её пути чёрного дракона стало завершающей каплей неприятностей. Дэйр... Ещё бы понять, что на самом деле хочет от неё дракон и как она умудрилась очутиться в его постели, а ведь собиралась обходить дальней дорогой...

Об этом стоит поговорить с Алэне, ведь у подруги похожая история с её Сэйром. Но водную магичку Арри сможет увидеть только в понедельник, а до него ещё нужно дожить!

Последние несколько недель прошли бурно, внося в её жизнь новизну и адреналин. В первую неделю с хвостиком, после определения наказания, пока Алэна выясняла отношения со своим Сэйром, свалившимся на её голову, как снежный ком, Арри... Арри тоже была занята разборками с братом и отцом. Её опять хотели выдать замуж, а она была категорически против. Причём отец даже пошёл на то, что сам написал письмо ректору ВХАМа и попытался подкупить Риамара ри Миаса. Надо же... старик так раскошелился, что предложил ректору целый мешок рубинов только за то, чтобы Арри уволили с позорной статьёй из академии. И ей, хочешь не хочешь, а рано или поздно пришлось бы возвращаться на земли родного клана. Хорошо, что Риамар, некромант до кончиков волос и со своими большими тараканами в голове, вождя клана "Чёрных вепрей" он вежливо послал по известному маршруту, но пометочку в блокнот сделал, каким способом можно влиять на поведение строптивого преподавателя по физподготовке.

— Козлы! — выдохнула Арри, обобщая в этом слове всех особей мужского пола.

Самое обидное, что в этот раз Огги ори Руру — брат Арри — встал на сторону отца. Огги считал, что пришло время сестрёнке остепениться и заняться чисто женскими делами: рожать детишек, штопать носки и варить кашу.

— Гад! — шмыгнула носом Арри, вспоминая брата и их с ним скандал. Брата Арри любила, но...

Огги не нравилась распущенная жизнь сестры, хотя сам молодой орк целибатом не страдал. И самое отвратительное, что брату не расскажешь, что она не такая уж и порочная женщина. Сразу побежит к папочке в порыве отбелить её репутацию! А оно ей нужно? Она столько усилий приложила, чтобы испортить эту репутацию. Один, самый первый раз, она переступила через себя, а потом... Потом она не видела зазорного в том, чтобы приятно провести время со страстным любовником, если он ей действительно нравился. Вот только тех, кто её цеплял, было не так уж и много, да и опасалась она часто проводить встречи с одним и тем же мужчиной. Только с одним оборотнем-лисом у неё можно сказать были длительные тайные отношения, которые длились около полугода. Но когда мужчина стал пытаться давить на неё, всё сразу же прекратилось. Смысл? Она не была истинной парой этого оборотня, да и... Как оказалось, всё тайное становится явным. Отец через брата узнал о постоянном любовнике дочери и попытался его подкупить. Вождь хотел, чтобы лис очаровал его дочку, официально на ней женился и тем самым отбелил репутацию, а потом привёз её в клан «Чёрного Вепря» для знакомства с тестем. А вот там... Сдал бы этот лис жёнушку в руки папочки, оформил развод, так как Арри не была его истинной парой, и с мешком серебра уехал бы восвояси. А Арри уже не отпустили бы и больше не купились бы на её «слабый» пол.

Сегодняшнее утро радовало теплом и ясным небом, но на душе было скверно и неспокойно. Воспоминания сыпались на Арри, как из рога изобилия.

– Что же всё так сложно? – простонала орчанка и ладонью растрепала каштановые густые волосы.

Вспомнилась мать, милая хрупкая женщина. Она хоть и была чистокровной орчанкой, но больше напоминала своим внешним обликом утончённую эльфийку, только с зеленоватым оттенком кожи.

Память о том, какой была унылой и подавленной её мать во время так называемой «счастливой семейной жизни», больно обожгла сердце Арри. Нет, отец её никогда не бил, но и не ценил, не любил, а ещё считал своей тенью, вещью... Сияра же его любила и отдавала себя до остатка. И что получила взамен? Мать заболела, и не вовремя вызванные целители ей не смогли помочь, а отец слишком быстро нашёл замену ушедшей в бесконечность жене. Даже прощальный костёр не успел остыть... Так что брак, замужество — это точно не для неё. Дети? Жизнь длинная, об этом она подумает в будущем, а пока театр одного актёра...

Так как отец и брат доводов разума не слышали, Арри решила лично, тайно и без предупреждения познакомиться с новообразовавшимся женихом. Как говорится, опыт подобного общения у неё уже имелся. Она навела справки о Такуше Сером, изучила его повадки и подстерегла во время охоты, но переговорный процесс зашёл в тупик. Орк оказался далеко не драконом, и всё закончилось парой выбитых клыков и официальным отказом от перспективной невесты.

Теперь можно было спокойно вздохнуть хотя бы на полгода, до появления нового кандидата в мужья, но...

Появился Дэйр. Тут и хочется, и колется... Вот Арри и вляпалась, начав себя убеждать, что пошла на сделку с драконом исключительно из-за эгоистических порывов и желания познать новый уровень боевых искусств. Но где-то в глубине души орчанка осознавала, что всё далеко не так. Она влюбилась в дракона практически с первого взгляда, именно поэтому он её и бесил. Чем драконы лучше орков? Такое же общество с патриархальными замашками.

Арри, окутанная мягкими отблесками рассветной атмосферы, направлялась вдоль высокой каменной стены в сторону студенческого общежития. Нужно было проведать ведьмочек и своих девочек, разведать обстановку, узнать о ближайших планах этих поганок и по возможности предотвратить возможные неприятности.

Вокруг царила тишина. Лишь слабый свет магических фонарей подчёркивал контуры архитектурных строений. Сонные тени стояли в ожидании наступления утра, а природа только начинала пробуждаться от своего ночного сна. Послышался шелест травы, треск ветки и приглушённые шаги. Арри передёрнула плечами и инстинктивно юркнула за ствол старого, толстого дерева, притаилась там, вовремя... Из-за поворота высокого здания на широкую дорогу вышли двое мужчин, кутающихся в чёрные длинные накидки с капюшонами. Они крадущейся походкой направились в сторону четырёхэтажного строения, где находилась кафедра по тактике.

— А эти, что в такую рань здесь потеряли? — тихо прошептала Арри, выглянув из-за дерева и проводив взглядом представителей сильной половины их общества. Она смогла опознать их по походке и повадкам. – Ну ладно мой братец, там мозгов... всё в мышцы перекочевало, а Рашир рам Ваках? Неужели Элаа опять мужа с кочергой в руках встретила возле окна? Чем на этот раз провинился бедный тигр? Боги, Элаа... хрупкая, утончённая девочка... одним словом, эльфийка! Но как тигрёнок порой её боится... А я думала, они окончательно помирились, – хмыкнула Арри и выбралась на дорогу, поправляя одежду и волосы. Но далеко уйти не успела, нарвавшись на новые неприятности.

Стоило ей дойти до большой арки, как из-за неё вынырнул ещё один представитель оборотней, грубо схватил её за руку, дёрнул на себя и впечатал спиной в стену, фиксируя её руки над головой.

Арри, используя свою гибкость, попыталась вырваться, но оборотень с ловкостью удерживал её под своим контролем. Она снова с остервенением попыталась освободить свои руки, но тщетно.

– Так, так, так... – хмыкнул Томаш, волк-оборотень, куратор полевой практики у многоликих и орков. – Арранэ орг Руру собственной персоной, в выходной день на территории академии, да ещё в такую рань. От очередного любовника сбегаешь?

– Тебе-то какое дело, Томаш? – зло рыкнула Арри, не пытаясь больше высвободиться. Она прекрасно осознавала, что Томаш сильнее неё; они с ним уже пару раз вступали в открытый конфликт. Арри скручивали как котёнка, правда Томашу это давалось крайне тяжело. Тут нужен другой подход, а лучше — обманный манёвр... – Слушай, блохастый, лучше по-хорошему отпусти! А то могу Ремару рассказать, что ты по утрам возле женского студенческого общежития хвост трёшь. Как думаешь, ректор будет рад?

– А вот грубить нехорошо! – хмыкнул оборотень. – Что же, Арри, ты во всех постелях побывать уже успела, а мою обходишь стороной? Непорядок! Пожалеешь бедного оборотня? Три месяца в полях да без бабы, я умею быть и не грубым, а ласковым.

ЗАМУЖ? НЕТ!

– Не в моём вкусе, – хмыкнула Арри и попыталась ударить его коленом в пах, но он ушёл от удара в сторону, ещё и засмеялся.

– Горячая... Ничего, с тебя не убудет. Может, ещё понравится, и потом из моей постели вылазить не будешь. А то студентки это действительно не практично, хоть они и сами зазывают в свою постель.

Томаш стал наклоняться, чтобы поцеловать орчанку, и Арри дёрнулась, но фактически ничего не успела сделать. Оборотня буквально оторвали от неё и как маленького котёнка отшвырнули в сторону. Потом мелькнула чёрная тень, и всё закружилось в водовороте драки.

– Карах... – выругалась Арри и обречённо вздохнула, обратно прислонившись спиной к стене.

Она наблюдала за поединком, прикусив нижнюю губу. Было немного непривычно; как-то уже привыкла сама себя защищать, а вот сейчас... С Томашем она бы в теории справилась, нет, не в честном поединке. Просто подловила бы нужный момент, подхватила тяжёлый камешек и приласкала бы по буйной головушке волка, у которого тестостерон наружу лез, а потом сдала бы его целителям. Дракон не дал это воплотить в жизнь, и это было дико, но на удивление приятно. По телу пробежала волна тепла, а на губах сама собой появилась глупая улыбка.

Точные выверенные движения... Дэйр двигался, словно Бог, резко наносил удары, уклонялся, потом контратаковал. Удар, удар, ещё один удар, блок, подсечка... Дракон умело провоцировал Томаша, подталкивая его к агрессивным атакам. Оборотень реагировал с примитивной алчностью, что позволяло Дэйру эффективно контролировать ход схватки. Диамантовый избегал бесполезных ударов, предугадывая движения противника, и контратаковал в нужные моменты. Каждый удар, каждый блок и контратака были тщательно обдуманы.

Мгновение, и вот Томаш уже лежит на животе с вывернутой в болевом захвате назад рукой, а Дэйр нависает сверху, уперев своё колено в спину оборотня. Волк шипит и судорожно бьёт свободной конечностью по земле, признавая своё поражение.

— Простите, аэр, не знал, что это ваша женщина! — виновато и как-то жалобно выдохнул Томаш, а Арри чуть не подавилась возмущением.

— Исчезни и другим передай, чтобы теперь были в курсе и не заставляли меня нервничать, — жёстко произнёс Дэйр и, отпустив руку Томаша, встал на ноги, спокойно направляясь к Арри. Волк же поспешил испариться, словно его здесь и не было вовсе.

— Это что сейчас было? — возмущённо спросила Арри. — Что значит «другим передай»? Дэйр, да ты издеваешься? Я не хочу, чтобы у меня на лбу было написано большими буквами «любовница чёрного дракона»!

— Арри... я же просил! — рыкнул Дэйр и упёрся широкими ладонями по обе стороны от головы девушки.

— Что просил? Не изменять тебе? Так я и не планировала, по крайней мере не с этим блохастиком! — возмущённо произнесла Арри, махнув рукой в сторону, где ещё мгновение назад лежал Томаш. — Он не в моём вкусе...

Дэйр шумно выдохнул, а затем поцеловал её, словно клеймя, жаля. Но поцелуй, начавшись с требовательного давления, быстро превратился в чувственный, мягкий и глубокий.

Арри опомнилась не сразу: сердце стучало как бешеное, дыхание сбилось, а ещё... она обвила шею Дэйра руками, а ногами обхватила его за бёдра, оказавшись в очень двусмысленной позе. И если учесть, что это происходит на территории академии... Риамар по голове не погладит, а вот отец дома встретит с распростёртыми объятиями. Денег на съём жилья ей хватит только на полгода. Нет, конечно, сиднем сидеть не будет и попробует найти в Хрустальном княжестве другую работу. Да вот только без защиты ВХАМа можно легко получить ночью дубиной по голове, а проснуться уже замужней женщиной с подчиняющим ошейником на шее.

— Отпусти, ненормальный, — выдохнула Арри, плавно опуская свои стройные ноги на землю и упираясь руками в широкую грудь Дэйра.

Дэйр тоже опомнился, мотнул головой, прогоняя наваждение, и нехотя отстранился от девушки, задумчиво посмотрев на Арри, а потом в сторону корпуса, где был выделен целый этаж под нужды чёрных драконов. Естественно, там может найтись свободный кабинет и не один, а кроме драконов на этот этаж никто не попадёт...

— Даже не думай! — прыснула от смеха Арри и покачала головой. — У меня всё тело ломит и саднит, а вечером ещё тренировка. Мне бы туда доползти, а не то, чтобы повторить вчерашний подвиг. Минимум неделю ко мне не подходи, ящер озабоченный!

— Нарушаешь условия договора, — хмыкнул Дэйр и сложил руки на груди. — А как же тренировка равно секс?

— Дэйр... — Арри нервно засмеялась и покачала головой. — Ты...

— Ладно, каяра, — усмехнулся диамантовый дракон. — На тренировке мы начнём с малого. Я приблизительно оценил уровень твоих знаний и физической подготовки, понимаю, с чего можно начать. Но... ночь ты проведёшь у меня!

— Дэйр, ты маньяк! — Арри опять засмеялась и покачала головой. — Меня хоть и считают...

— Кстати, об этом, — задумчиво произнёс дракон. — Зачем тебе самой же портить свою репутацию? Ты точно не спишь со всем, что движется.

— Это уже моё личное дело, да и потом... смотря, что считать испорченной репутацией. Всё относительно...

Дэйр ничего не ответил на это. Он молча провёл Арри к студенческому общежитию.

— Набирайся сил, сладкая моя. Ночь будет долгой, — прошептал Дэйр, наклоняясь к её уху и обжигая её своим дыханием.

– Только в твоих мечтах, – качнула головой Арри. Дракон хмыкнул, нежно прикоснулся к её губам в воздушном поцелуе, а затем удалился по своим делам. – Ночь у тебя, так ночь у тебя, – орчанка пожала плечами, провожая Дэйра задумчивым взглядом. – Я прекрасно высплюсь на твоей огромной, мягкой кровати. Надо будет у Элаа какую-нибудь успокаивающую настойку попросить или снотворное.

Усмехнувшись, она, наконец, отогнала тревожные мысли в сторону и отправилась к своим студенткам.

Ведьмы и орчаночки вели себя до приторности правильно и коварных планов не замышляли. Чем убить день до вечера Арри не знала. Пару раз порывалась наведаться в гости к Алэне, но била себя по рукам. Пусть подруга отдохнёт, ей тоже сейчас несладко. Вон как нервничает, что даже драконьи когти на руках стали появляться, а ей в дракона оборачиваться сейчас ой как нельзя... Алэне тоже не повезло с отцом. Агатовый дракон, который не признал дочь полукровку, но как жаренным запахло, решил решить свои проблемы за её счёт.

В общем, Арри заняла себя рутиной: проверка курсовых по теоретической части, разработка планов тренировок для второго полугодия, чай, магический вестник, опять курсовые...

А вечером она буквально приползла к полосе препятствий, которую создали диамантовые драконы. Это чудо архитектурной мысли находилось возле небольшого леса, в паре километров от академии. Дэйр её уже там ждал, и вид у дракона был слишком подозрительно довольный, что настораживало.

– Сегодня наша тренировка будет интенсивной, но, если выдержишь, обещаю, тебе станет легче дышать в бою, – произнёс, еле сдерживая улыбку, Дэйр. А потом, заметив, как начало нервно дёргаться веко у Арри, расхохотался. – Успокойся, радость моя. Начнём с базовых уклонений и блоков, но сначала серия динамических растяжек для подготовки мышц к нагрузкам, а в конце тренировки я тебе даже сам лично массаж сделаю.

— Почему мне хочется придушить тебя твоим же собственным хвостом? — выдохнула Арри.

— Может, потому что влюбилась в меня? — хмыкнул Дэйр.

— Странное желание для влюблённой особы, — иронично произнесла Арри и молча направилась к тренировочному полю.

После тренировки орчанка воспряла духом. Тело, словно наполнилось энергией, появилась мягкость, ушла тянущая боль в мышцах, и всё бы было хорошо, если бы вредный ящер не открыл портал, полыхающий фиолетовой энергетической сеткой, и жестом не предложил Арри войти в него первой...

ГЛАВА 4

— Рома, — громко произнесла Арри мимо проходящему официанту и тяжело опустила голову на деревянный стол, накрыв её ладонями.

Этой ночью у них с драконом ничего не было, но Боги... лучше бы наоборот. Чем больше она узнавала диамантового, тем больше понимала, что влипла.

Вчера Дэйр, после тренировки, как оказалось, просто пригласил её к себе в гости. Открыл портал и не оставил выбора. А она, наивная, думала, что по дороге к жилым гостиничным комплексам сумеет сбежать, затеряется между шумных улиц многонаселённого города и получит таким образом необходимую передышку.

Вкусный ужин, непринуждённый разговор, а потом массаж...

Чешуйчатый гад довёл её до состояния "на всё согласна" и нагло уложил спать, устроившись рядом.

Дэйр казался ей нереальным, просто слишком идеальным. Иногда хотелось спросить: "Ты точно дракон?" Красивый, гибкий, сильный, выносливый, умный мужчина. Очень разносторонне развитая личность, умеющий остроумно шутить и интересные магические аспекты обсуждать. А ещё... внимательный, заботливый. Арри нравилось находиться рядом с ним, греться в его объятиях, разговаривать ни о чём. То есть, это уже был не просто секс, и вот это орчанку пугало.

В объятиях Дэйра Арри почувствовала себя защищённой. Её тело поплыло и расслабилось, сознание отключилось, отправляя девушку в глубокий сон.

Она, наконец, спокойно выспалась за весь этот год. Раньше просыпалась от каждого шороха, где-то на подкорке сознания всегда ждала ночных гостей с тяжёлой дубиной в руках. Почему отец в неё так вцепился? Не только ради получения богатого откупа от жениха, но и из-за того, что дочь своей непокорностью и побегом на территорию Хрустального княжества основательно портила его репутацию и тем самым понижала рейтинг между оркскими кланами.

— Красавица, у нас с тобой есть незаконченное дело, — послышался рядом приторно слащавый мужской голос, и на стол поставили тяжёлую бутылку гномьего рома и деревянную чашку.

— Исчезни, Симон, — прошептала Арри, не поднимая головы. — Не до тебя. Ты свой шанс упустил, когда убежал, как последний крысёныш из бара во время драки моих орчаночек и дракончиков.

Она узнала голос бармена, с которым не так давно флиртовала и даже договорилась о встрече. Любовника у неё не было уже больше полугода. Тогда её здорово закружил хмель, и возникла шальная мысль приятно провести ночь. Мужчина ей понравился, правда, чисто внешне. Обычный человек, но крепкий, коренастый, высокий, широкоплечий и симпатичный, а ещё он на неё тогда смотрел, как кот на сметану. Это подкупило, но...

— Ну, вообще-то, дралась в тот день ты, а не они, — хмыкнул Симон и нагло сел за её столик. — Впечатляюще, но ничем хорошим закончиться не могло. А зачем мне лишние проблемы? И так с клиенткой...

— Ты что, бессмертный? — зло выдохнула Арри и приподняла голову, уперевшись взглядом в небесно-голубые глаза Симона. — Или у тебя есть лишние конечности?

— Арри... — усмехнулся бармен, чуточку подаваясь вперёд и облизывая её похотливым взглядом. — Может, продолжим...

— Нет, мы закончим, не начиная! — рыкнула Арри и прищурилась. — Сам уйдёшь или помочь?

— Ненормальная, — хмыкнул Симон, потом молча встал и ушёл за барную стойку, бросая в её сторону хмурые взгляды.

Арри нервно выдохнула, потом потянулась к бутылке гномьего рома и откупорила её, плеснув щедрую дозу себе в кружку. В голове был полный хаос, и с этим нужно было что-то делать, причём срочно. Всего каких-то пару дней переворачивали её жизнь с ног на голову. Привыкать к Дэйру она не хотела, а этот ящер просачивался под кожу, в сознание и прочно оседал там. Она становилась зависимой от дракона, и даже сейчас... одна мысль о том, чтобы переспать с Симоном, казалась ей отвратительной, её аж передёрнуло.

– Карах... – выругалась орчанка, поставила на стол бутылку рома и, подтянув кружку, поднесла её к носу. Хмыкнула, пригубила и скривилась. Некогда любимый напиток теперь казался ей пресным и противным на вкус. – Да что ж такое-то! И не расслабишься теперь! – возмущённо прошипела Арри и опустила кружку обратно на стол, отсовывая её подальше от себя. – Может, действительно клин клином вышибают? – хмыкнула и обвела задумчивым взглядом полупустой зал.

Щупленький огневик, трое изрядно опьяневших оборотней, орк и воздушник. Одна проблема – никто не цеплял, а насиловать свою психику Арри не собиралась. Бросила взгляд на барную стойку, увидела, как ей подмигнул Симон, и скривилась. По телу прошёл мороз, а волоски на коже вздыбились. Закрыла глаза и потёрла ладонями лицо, снова вспоминая Дэйра, рельеф его мышц, бархатистый, глубокий голос... по телу снова пробежала волна острого желания.

– Да чтобы Боги Луны мне спать не давали! Он что, околдовал меня?! – разочарованно рыкнула Арри. – Когда этот демонов понедельник наступит? Алэна... Мне нужна информация! – выдохнула она и, распахнув глаза, уставилась на входную дверь. Тотчас она гулко распахнулась и ударилась об стену, а в бар "Весёлый Орк" влетел злой, как стая гарпий, Дэйр.

Арри скривилась и откинулась на спинку стула, готовясь к скандалу. От дракона она ушла рано утром, как только проснулась, просто тихо сбежала. Дэйр, как и она, размяк и расслабился, крепко прижал к своей груди, а потом отключился. Спал дракон крепко так, что даже не проснулся, когда она очень медленно вылезла из-под одеяла, сгребла вещи в охапку и тихонько спустилась на первый этаж. Уже там Арри поспешно одевалась и выскальзывала из дома дракона. Потом долго блуждала улочками города и, наконец, ноги её привели сюда. Но откуда дракон знал, где её искать?

— И как это понимать? — рыкнул Дэйр, присаживаясь напротив неё.

— Ты сам заснул, я здесь не при чём... — Арри развела руки в стороны. — Ни успокоительного, ни снотворного я не успела взять у Элаа. — У Дэйра от заявления Арри поползли брови вверх, он прищурился, но молчал, и орчанка занервничала. — Слушай, что ты от меня хочешь? Тебя стало слишком много в моей жизни. Да, думала, клин клином можно выбить, но... Карах, кажется, меня заклинило на тебе. Ты что, приворотным зельем меня напоил? Или...

— Арри, лучше молчи! — немного зло выдохнул Дэйр. — Я всего лишь хотел узнать, какого демона я проснулся в кровати один, но ты уже успела разболтать очень много интересной информации!

— А... — Арри, наверное, первый раз в жизни покраснела как рак. Под взглядом янтарных глаз ей стало неуютно, и она поспешно захлопнула рот, чтобы не ляпнуть ещё чего-то лишнего.

— Так значит, клин клином выбивают? — немного скривившись, произнёс Дэйр и осуждающе посмотрел на Арри. Она поёжилась под его взглядом. — А я дурак, решил дать тебе одну ночь отдохнуть.

— Ну, во-первых, формально, точнее фактически, я тебе не изменила, — выдохнула Арри. — А во-вторых... Дэйр, я не обязана перед тобой отчитываться!

— Не обязана, — согласился Дэйр, чем ввёл девушку в состояние шока. Её глаза широко распахнулись от удивления, а потом Арри моргнула. — Отношения должны строиться на взаимной симпатии и доверии, но раз ты до сих пор сомневаешься... — дракон одним плавным движением поднялся из-за стола на ноги и... Арри и сама не поняла, каким образом оказалась перекинута через твёрдое мужское плечо. – Значит, будем доказывать опытным путём, чтобы не сомневалась, что тебе и меня одного будет слишком много. Какой клин, золотко?

– Ты с ума сошёл? – возмущённо выдохнула Арри, покачиваясь из стороны в сторону, пока диамантовый дракон выносил её столь нестандартным способом из бара под тихие, одобрительные мужские смешки.

– В здравом рассудке, – хмыкнул Дэйр и вышел на улицу.

– У тебя что, брачный гон?

– Радость моя, а ты знаешь, что когда у дракона начинается... как ты выразилась, "брачный гон", то это длится минимум год? – рассмеялся Дэйр и нагло положил свою лапищу на её ягодицы, погладил их, а потом легонько шлёпнул.

– Руку убери! – рыкнула Арри.

– Сладкая... – многообещающе произнёс Дэйр хрипловатым голосом.

– Дэйр! Я же преподаватель, ты что, через весь город собрался нести меня задом к верху? Хотя бы портал открой, ящер вредный!

– С каких пор тебя волнуют условности?

– Карах... Дэйр!

Послышался тихий смешок, но дракон продолжал идти по узкой улочке. Арри вспыхнула как огниво от такой наглости, схватившись за ткань брюк мужчины пальцами, потянулась ниже и попыталась впиться зубами в подтянутую и упругую ягодицу. Дракон расхохотался, завернул в тёмный проулок, щёлкнул пальцами и открыл портал, в который сразу же шагнул.

– Значит, задом вверх стыдно, а вцепиться зубами в зад дракона — нет? – весело произнёс Дэйр, сгружая Арри на свою кровать, а затем очень медленно стал расстёгивать свою рубашку.

– Что ты делаешь? – выдохнула Арри, приподнимаясь на локтях и заворожённо наблюдая за драконом.

ЗАМУЖ? НЕТ!

На пол полетела чёрная рубашка, и верхняя часть тела Дэйра обнажилась. Идеальный пресс, стальные мускулы, играющие от каждого движения, завораживали и мешали отвести взгляд. Мужчина усмехнулся, поймав на себе жадный взгляд Арри, и начал медленно расстёгивать ремень. Это было так порочно и возбуждающе... у Арри между ног сразу же стало жарко и влажно, сердце забилось быстрее, а грудь болезненно налилась. Сопротивляться этому непреодолимому притяжению было сложно, но остатки разума всё ещё старались удержаться на поверхности.

– Буду забивать клин обратно, – иронично хмыкнул Дэйр, сбрасывая штаны. Его плоть, уже прилично набухшая, призывно качнулась, освободившись от сдерживающей её одежды.

– Это плохая идея, – хрипловатым от возбуждения голосом произнесла Арри и стала быстро отползать в изголовье кровати.

– Это отличная идея, – хмыкнул Дэйр, ловко схватив Арри за лодыжку и потянул её обратно к себе. – И к тому же, ты окончательно убедишься, что никто, кроме меня, тебе не нужен.

Между ними завязалась лёгкая борьба, в ходе которой чёрный облегающий топ и бриджи Арри были быстро сброшены, оставив её абсолютно голой. Горячие пальцы скользили по её чувствительной коже, вызывая сладостные судороги и прерывистое дыхание.

– Какая же ты сладкая и желанная, Арри, – прошептал Дэйр, перехватывая руки девушки и фиксируя их над её головой.

Он уверенно коленом проник между её ног, заставляя раскрыться, а потом и сам, весь удобно расположившись между её ног, немного прижав своим телом к кровати. Эта лёгкая игра возбудила и саму Арри. Тело млело, внизу живота разлилось томление. Когда нежная, твёрдая плоть заскользила по её влажным складочкам, задевая клитор, Арри ещё шире раздвинула ноги и качнула бёдрами вперёд. По жилам разлился огонь вожделения и желания, и всего этого уже было мало. Захотелось послать всё к демонам и ощутить дракона в себе, почувствовать его жар и пульсацию, снова познать чистую страсть, кончить одновременно с ним. Разум уже покрылся пеленой страсти.

– Дэйр...

– Маленькая моя... – прошептал Дэйр, одной ладонью перехватывая руки Арри, а другой нежно скользя по её щеке. Подушечками пальцев он прошёлся по нижней губе, немного оттянув её вниз, а затем накрыл широкой ладонью грудь девушки, сжав её. Волна неги и томления разлилась по телу Арри, мышцы живота судорожно сжались, и она дёрнула бёдрами. Возбуждённая плоть дракона немного проникла в её лоно, но Дэйр тут же отступил. Из груди Арри вырвался разочарованный стон.

– Такая горячая и нетерпеливая, – прошептал дракон, накрывая губы Арри своими и сминая их в страстном, дерзком и глубоком поцелуе. Но выдержка Дэйра тоже быстро покинула его. Чувствовать её страсть и желание, видеть в отблесках светлого янтаря своё отражение... Он выпустил руки девушки на свободу и стал целовать её тело, уже зная все её чувствительные места.

Дэйра охватила острая страсть, которая, казалось, была одна на двоих. Арри так сладко выгибалась под ним, поглаживала плечи и рёбра Дэйра, что у него буквально сносило крышу. Хотелось взять её полностью, без остатка... Мыслей не осталось. Независимо от того, что говорила орчанка, зависимость была обоюдной. Её шёпот и стоны сводили его с ума, страсть кипела, словно раскаленная лава, и рвалась наружу.

Не разрывая поцелуя, Дэйр скользнул рукой ниже, накрыл ладонью лоно девушки. Арри задрожала, а дракон, разгладив и раскрыв влажные лепестки её женственности, одним мощным движением заполнил её лоно своей плотью. Запрокинув голову, он тихо зарычал от острых и ярких ощущений. Внутренние мышцы орчанки плотно обхватили его плоть, вырвав из груди ещё один стон. Арри обхватила Дэйра руками за плечи и потянула обратно к себе. Они снова целовались, как обезумевшие.

ЗАМУЖ? НЕТ!

Дэйр начал ритмично двигаться, время от времени меняя угол проникновения. Арри приподнимала свои бёдра ему навстречу, желая ощутить его в себе полностью. Ещё глубже, ещё быстрее... ярче, слаще...

Пик наивысшего наслаждения накрыл их одновременно. По телу волна за волной пробегали сладкие судороги. Их трясло, мышцы пульсировали, продлевая миг наслаждения. Дыхание сбилось...

Энергии Арри и Дэйра начали сливаться, танцуя в вихре, словно невидимые нити, переплетаясь в сложный узор. Внутренняя магия Арри, как тёплый поток, лилась сквозь прочные вихри драконьей энергии. Дэйр не спешил покидать тело орчанки. Арри широко распахнула глаза и рассмеялась.

– Дэйр, ты хоть и сволочь чешуйчатая, но... – Арри на мгновение запнулась. – Невероятный!

– Видишь, уже невероятный, – хмыкнул Дэйр и сделал восьмёрку бёдрами, заставив Арри судорожно выдохнуть. Её соски тут же вновь напряглись, и она, чтобы унять лёгкий дискомфорт, сама накрыла их ладонями и погладила. Янтарные глаза ящера блеснули, и в них разлилось вожделение. – Ночь длинная, моя радость. Кто знает, может, к утру уже и сволочью перестану быть.

– Дэйр, ты...

Договорить Арри не успела, так как ей закрыли рот чувственным, нежным и сладким поцелуем. Теперь никто не хотел спешить.

Дэйр действительно не выпускал из своих объятий Арри до самого утра. Только когда первые лучи солнца начали проникать в спальню, оба обессиленными упали на постель и заснули в объятиях друг друга.

Арри опять проснулась первой. Она лежала на плече Дэйра, положив ладонь на его грудь. Дракон безмятежно спал, его грудь мерно вздымалась под её рукой. Внутренние часы орчанки подсказывали, что проспала она всего час, но этого часа ей хватило, чтобы прийти в себя. Прикусив губу, она приподнялась на одном локте и стала рассматривать спящего дракона.

Красивые черты сурового лица, небольшой шрам над левой бровью, рельефные мышцы, широкие плечи. Одним словом – идеальный. В груди разлилось тепло. Вот такой спокойный, умиротворённый и беззащитный он казался самым родным и дорогим существом в этом мире, и это пугало.

Арри мотнула головой, прогоняя наваждение, и аккуратно слезла с кровати. Найдя свои вещи, она оделась, посматривая на мужчину, но он не проснулся. Только дёрнулся и перевернулся на бок, положив широкую ладонь на простыню, где до этого момента лежала девушка. Захотелось подойти и поцеловать его, но Арри прогнала глупые мысли. Выглянув в открытое окно, она заприметила толстую лиану, ухватилась за неё, вылезла полностью из окна и стала поспешно спускаться вниз. Да, она опять позорно бежала и даже собиралась прогулять сегодняшнюю тренировку. Ей нужно было время, чтобы хорошо подумать и понять, что делать теперь со своей жизнью. Как долго продлится эта игра в "любовь" или всё же это просто потребность тела?

– Это переходит все границы, сестрёнка, – снизу раздался грубоватый голос Огги. – Мало того, что дома не ночуешь, так ещё и спишь с драконом, а дом его покидаешь через окно, как воришка.

– Да чтобы тебя... – выругалась Арри, зависнув где-то между первым и вторым этажом. Она быстро вскарабкалась чуть выше, чтобы брат не смог стащить её вниз, и, вздохнув, обречённо посмотрела в этот самый низ. Вот что делать, когда не везёт от слова совсем?

Огги стоял, расставив ноги на ширину немалых плеч, и покачивался с носка на пятки. Руки орк сложил на груди и прожигал сестру осуждающим взглядом.

ЗАМУЖ? НЕТ!

– Ну и как это понимать, Арранэ? – проскрежетал голос брата, а Арри скривилась. – Нам только скандала с Диамантовым кланом не хватало, с твоим прямым участием.

Если брат переходил на официальный тон, дело пахло неприятностями.

– Огги...

– Радость моя, а куда это ты опять собралась? – раздалось сверху, и Арри дёрнулась, чуть не свалившись с лианы вниз. Задрав голову, почти жалобно посмотрела наверх, встретившись с потемневшими янтарными глазами дракона.

– Ну просто джекпот, – выдохнула Арри, не понимая, что ей теперь делать. Вниз нельзя, но обратно наверх тоже лезть не особо хотелось. Что-то подсказывало, что у дракона терпение не безграничное, и такими темпами можно скоро оказаться на территории Диамантового клана, а оттуда так просто точно не сбежать.

– Спускайся, сестричка, – обманчиво ласково произнёс Огги.

– Нашёл идиотку, – фыркнула Арри.

– Правильно, – рассмеялся Дэйр, сев голым задом на подоконник, – лучше ползи обратно ко мне, сильно наказывать не буду. Пока...

– Я похожа на дуру? – прошептала Арри, посмотрев на дракона.

– Тебе правду сказать или поберечь нервную систему? – рассмеялся Дэйр.

– Арри, да он голый! – взревел Огги.

– Огги, – вздохнула Арри, посмотрев на брата, – ты когда по бабам ходишь, исключительно в одежде с ними спишь?

– Это другое! Ты...

– Ты знаешь, что я давно не девственница! – уже порыкивая, произнесла Арри, прикидывая в уме, когда улицы города оживут. – И вообще, не место для выяснения...

– Ты едешь домой!

– Тебя забыла спросить!

– Уважаемый Огги Ори Руру, моя женщина с вами никуда не поедет! – довольно властно произнёс Дэйр и прищурился.

– Заявляешь право? – хмыкнул орк.

– Заявляю, – кивнул дракон, а Арри возмущённо открыла рот и переводила взгляд с одного мужчины на другого.

– Отец потребует выкуп, – задумчиво произнёс Огги.

– Не проблема, – усмехнулся Дэйр.

– Официальное признание, если не женой, то любовницей, – довольно хмыкнул Огги.

– Не проблема, – Дэйр наклонил голову на бок. – Но вы в свою очередь гарантируете, что прекратите свои попытки похитить и выдать замуж Арри. Если это условие не будет выполнено и... свою женщину я заберу в любом случае, но не гарантирую, что после этого от земель вашего клана что-то останется.

– Даже так? – немного с удивлением произнёс Огги, приподнимая брови.

– Даже так! – с рычащими нотками в голосе произнёс Дэйр.

– Да вы издеваетесь! – тут уже зарычала Арри, но лиана под её руками предательски зашипела и оборвалась, а орчанка полетела вниз. – Да что бы тебя...

Арри умудрилась приземлиться на землю так, чтобы особо себе ничего не повредить, но плечо всё равно саднило, и она стала его поглаживать рукой. Потом поднялась на ноги и смерила обоих мужчин тяжёлым взглядом. Если бы была магом огня, наверное, испепелила бы.

– Радость моя, не забудь, что вечером у нас тренировка, – усмехнувшись, произнёс Дэйр, а потом перевёл взгляд на орка.

– Обсудим детали? – усмехнулся Огги.

– Прошу, – дракон поманил его рукой, предлагая Огги посетить его дом, и скрылся в окне.

ЗАМУЖ? НЕТ!

– Да пошли вы оба! – зло произнесла Арри и похромала в сторону "Весёлого Орка", на этот раз намереваясь точно напиться.

ГЛАВА 5

Арри пришла первой в учительскую, разложила кресло, завалилась на него и положила на лоб холодный компресс. Голова гудела так, словно по ней били молоточками семь гномов. Настроение плавно перетекало от "жизнь прекрасна" до "всё пропало". Дэйр упорно не шёл из головы, а воспоминания об Огги бесили. Вчера она всё же прогуляла тренировку и даже умудрилась напиться, а утром, как обычно, проснулась в постели дракона. Правда, самого крылатого там не оказалось. Зато на журнальном столике стояла чашка крепкого, горячего кофе. Арри сделала вывод, что ночью Дэйр нашёл её практически бессознательное тело и забрал к себе домой, но в чувства приводить не стал.

– Да уж... – простонала Арри и, усмехнувшись, покачала головой. – Если бы ещё зелье от похмелья возле чашки кофе поставил, цены бы ему точно не было, но... Права он заявляет...

Распахнулась дверь, и в неё вошла Алэна. Окинув орчанку взглядом, водная магичка иронично приподняла одну бровь.

– Что за кисло-довольный вид? – хмыкнула Алэна и прошла дальше, закрывая за собой дверь. – Извини, что тогда оставила тебя совсем одну в своей аудитории, – вздохнув, девушка пожала плечами и села в соседнее кресло с Арри, не раскладывая его. – Представляешь, эта зараза опять выдернула меня к себе во время сна, и проснулась я опять же в постели Сэйра.

– То есть, ты хочешь сказать, что в таких нестандартных перемещениях виноваты чёрные ящеры? – хмыкнула Арри и, вздохнув, перевернула платок другой стороной, положив его опять на свой лоб.

– Не совсем они, но... – усмехнувшись, произнесла Алэна. – Сложно там всё с множеством факторов и составляющих, но если смотреть глобально, то всё же в корне проблемы находится именно дракон и чуть ли не вселенская магия.

— Карах... — выругалась Арри и закрыла глаза. Степень проблем стремительно увеличивалась.

— Голова болит? Давай помогу, — Алэна немного подалась вперёд, но Арри открыла глаза и качнула отрицательно головой.

— Само пройдёт, — вздохнула орчанка, наконец, осознав почему Дэйр не позаботился о зелье. Как говорится пусть прочувствует все прелести своего поступка и делает выводы.

— Арри, что с тобой происходит? — Алэна нахмурилась и наклонила голову набок. — Ты странная... Вид такой, — задумавшись, произнесла она. — Счастливо-разочарованный.

— А он такой и есть, — немного нервно рассмеялась Арри и сняла со своего лба платок, положила его на стол. — Счастливый потому, что в ту ночь ни у одной тебя были приключения, — она иронично пожала плечами. — У меня такого шикарного мужика ещё никогда не было. Знала бы ты, как утром потом всё тело приятно ломило. Да и утро тоже удалось... — усмехнулась орчанка. — Так страстно и неистово меня ещё не любили, а я, наивная, думала, что меня удивить нечем...

— Угу, — приподняв удивлённо брови, произнесла Алэна. — А кислый почему?

— Потому что я к такому не привыкла! — Арри аж скривилась. — Ну, я как бы сама присматривала себе кандидатов, с которыми не против была бы провести приятно время...

— Не совсем понимаю, — покачала Алэна головой. — А сейчас что не так было? Если он тебе не понравился... но он же понравился?

— Знаешь, — вздохнув, произнесла Арри. — Я всегда избегала проблемных отношений. Даже если мне нравился кандидат на место постоянного любовника... Ну не нужны мне проблемные отношения! Зачем? — она посмотрела на подругу с толикой печали во взгляде. — А то, что случилось... Мне-то всё понравилось в плане постели, и ему тоже, но...

— Ты можешь по-человечески объяснить, что с тобой произошло? — хмуро произнесла Алэна, начиная волноваться за подругу.

— Да не привыкла я просыпаться там, где не засыпала! — хмыкнув, произнесла Арри. — Всё, больше гномий ром не пью!

— А-а-а... — у Алэны даже челюсть отвисла, потому что в голове пролетело множество вариантов произошедшего, и одно было фантастичнее другого.

— У Дэйра в постели я проснулась! — фыркнула Арри. — Теперь верю тебе с этими... перемещениями в пространстве! — немного возмущённо произнесла орчанка. — Будь неладны драконы... чтоб у них хвосты поотваливались! Мне-то Дэйр чисто внешне очень даже понравился, и любовник он, как оказалось, шикарный, но... будь я полностью трезвой, то бежала бы оттуда от греха подальше! Нельзя таких в свою постель пускать... Хотя какую свою... — вздохнула Арри. — Проблемный он! Я понимаю, когда провели приятно время друг с другом и никаких проблем... никто никому ничего не должен. Если понравилось, можно даже договориться о последующих встречах, но...

— Но? — приподняв брови, спросила Алэна, начиная тихо посмеиваться.

— Но я была подвыпившая, — усмехнувшись, произнесла Арри. — Да, да... понимаю, что сама дура. Дала слабину своим желаниям, да и нос ему хотелось утереть. Привыкли считать себя вершителями судеб... Альфа-самцы, мать его... — недовольно выругалась Арри, вспоминая разговор дракона с её братом. — Не всё крутится вокруг них, не одни они могут быть инициаторами выбора и временных отношений. В общем, я сдуру с ним переспала и не один раз за ночь, да и утро выдалось прекрасным... и потом... Но... — возмущённо произнесла Арри. — Но кто-то после этого возомнил себе лишнего и считает, что может диктовать мне свои условия, вмешиваться в мою личную жизнь.

– Н-да... – это всё, что Алэна смогла выговорить, услышав речь подруги.

– Вот тебе и н-да, – фыркнула Арри, удобнее усаживаясь в кресле.

– А ты случайно на себе после ночи с ним никаких меток не находила? – приподняв одну бровь, спросила водная магичка.

– Каких к демонам ещё меток? – нахмурилась орчанка.

– Ну не знаю, – пожала Алэна плечами. – Они, наверное, у всех индивидуальные, то есть разные.

– Он не оборотень, – немного нервно произнесла Арри, начиная понимать, к чему клонит подруга. Орчанку сразу же накрыло осознанием возможной степени новых проблем. – Он дракон.

– Дракон, – согласилась с ней Алэна.

– Ты хочешь сказать? – Арри аж села в кресле, но в этот момент постучали в дверь, и, приоткрыв её, в учительскую заглянул дежурный студент корпуса. Обведя сонным взглядом комнату, он увидел водную магичку и расплылся в довольной улыбке.

– Алэна Водор-Драгонец, вам просили записку передать, – парень протиснулся в помещение, быстро подошёл к Алэне, сунув ей в руки запечатанный конверт, и стремительно убежал, снова оставив Арри наедине с подругой.

– Тайный поклонник? – усмехнувшись, произнесла Арри, приподнимая брови. – Смотри, чтобы твой дракон не приревновал тебя.

– О своём думай, – машинально съязвила Алэна и, распечатав письмо, стала его читать.

По мере прочтения её брови поднимались всё выше и выше, а глаза расширялись.

– Алэна, что? – нахмурилась орчанка. – Теперь у тебя такой вид, что мои проблемы мне кажутся мелочью.

– Мать просит увидеться, – Алэна перевела растерянный взгляд на подругу, при этом начала складывать письмо.

– Восемнадцать лет не хотела, а сейчас вдруг захотела? – Арри скривилась. – Не верю!

– Мало ли, – пожала Алэна плечами.

Арри скривилась и качнула недовольно головой.

– Только не говори, что ты ответишь ей на письмо! – проворчала орчанка.

– Не отвечу, – растерянно усмехнулась Алэна. – Я с ней встречусь.

– В смысле? – Арри перевела на подругу удивлённый взгляд. – Тебе нельзя покидать Хрустальное княжество!

– А я и не буду, – покачала девушка головой. – Она сейчас с мужем проездом здесь. Пока он занят решением финансовых вопросов своей фирмы, мать просит о встрече. Они остановились в гостинице "Свет весны". Всего в паре кварталов от нашей академии. Арри, подмени меня, пожалуйста. Проведи сейчас свою пару у моих девочек, а я потом твоих заберу. Пусть заранее познакомятся с предметом, который им вскорости придётся изучать.

– Ты что, с дуба рухнула? – возмущённо произнесла Арри. – Какая к демонам гостиница? Она тебя бросила в семилетнем возрасте!

– Вот я и хочу посмотреть на неё и поговорить! – устало произнесла Алэна. – Я хочу понять, почему...

– Да потому, что стерва она! – недовольно фыркнула Арри. – И это я ещё не подобрала правильного ругательства!

– Арри... – Алэна осуждающе посмотрела на подругу.

– Да подменю я тебя, – Арри обречённо скривилась. – Куда тебя денешь, но мне это всё не нравится! Одна нога там, другая здесь! И не приведи Боги, ты не появишься после этой пары...

ЗАМУЖ? НЕТ!

– Ты настоящий друг, – Алэна встала, запрятав мамино письмо в карман, подошла к креслу орчанки и, наклонившись, обняла её. – Я действительно быстро.

– Проваливай, – усмехнулась Арри, отцепляя девушку от себя. – Только давай действительно быстрее.

– Хорошо, – сказала Алэна, прикусив губу и направляясь к двери, но Арри поспешно её окликнула.

– А что там с метками? – Арри задумчиво почесала щёку.

– Вообще, тебе об этом стоит поговорить с Дэйром, – посмотрев на неё, произнесла Алэна.

– Не вариант, – покачала головой Арри. – Мне его придушить хочется. Мы с ним пришли к компромиссу: секс в обмен на качественные уроки самообороны в драконьем стиле, но… – Алэна нахмурилась и приподняла брови, а Арри обречённо вздохнула. – Да дракону под хвост эти договорённости! Он считает, что у него есть на меня права! И спать я должна только с ним!

– А ты…

После минутной заминки, Арри нервно провела ладонью по лицу, соображая, что ответить подруге. Ну не рассказывать же ей всё в подробностях, поэтому выбрала относительную правду.

– А я хотела убедиться, что после этого демонова дракона другие не будут казаться мне пресными…

– И? – усмехнулась Алэна, кажется, зная ответ на этот вопрос.

– Послала к демонам претендента на роль случайного любовника, не доведя всё до логического завершения. Всё не то… нет искры и желания. Тут вроде, как я сама уже всего за несколько дней подсела на одного конкретного дракона, другие мужчины не впечатляют… и он тут как тут с ревностью и претензиями…

– Арри, я не уверена, но ты можешь оказаться его истинной парой, – пожала плечами Алэна.

– Да ладно… – выдохнула Арри, чувствуя, как у неё внутри всё сжимается, больше слов у неё не нашлось.

55

Алэна ушла, оставив Арри наедине с этими мыслями. Арри собрала себя в кучу и поплелась к ведьмам в аудиторию водного целительства. Ведьмочек нужно чем-нибудь занять, причём срочно, а иначе... одного выговора достаточно с головой.

Толкнув дверь, Арри вошла в аудиторию и тут же пригнулась, так как прямо в неё летел пузырёк с оранжевым содержимым. Пришлось показать чудеса акробатики, чтобы избежать попадания этой подозрительной жижи на открытые участки кожи.

— Совсем страх потеряли? — прорычала Арри, устремляя взгляд на Таю, Лию, Рамию, Нади и Аланию. Те сразу же сникли и потупили взгляд.

— Простите, Арранэ, мы не знали, что это вы, — прошептала Нади.

— Да, мы думали, что это кто-то из мальчиков-драконов, они уже достали подглядыванием, — возмущённо произнесла Тая.

— Вам одного рогатого... — Арри поперхнулась. — Точнее двух рогатых драконов мало?

— От этого зелья рога не вырастут, — виновато прошептала Рамия.

— А что вырастет? — зло прорычала Арри.

— Скорее выпадет, — прошептала Тая.

— Конкретнее, — обречённо произнесла Арри.

— Волосы вылезут, — шмыгнув носом, произнесла Нади.

— По всему телу, — добавила Лия.

Арри аж закашлялась, представив, что было бы, попади эта гадость в неё или Алэну.

— Вашу бы энергию да в мирное русло, — возмущённо произнесла Арри. — Подняли тощие задницы и пошли дружно за мной!

— Арранэ, но у нас сейчас пары по водному целительству, — неуверенно произнесла Тая.

ЗАМУЖ? НЕТ!

— А теперь будут пары по физподготовке! — строго рыкнула Арри. — И я вам обещаю, что уйдёте вы от меня ползком, мы хоть на сутки тогда всем преподавательским коллективом сможем спокойно выдохнуть.

— Ну, Арранэ... — жалобно захныкали ведьмы.

— Если сейчас мирно не пойдёте со мной, завтра тоже будет физподготовка у меня, а потом у вас пары у кураторов диамантовых драконов!

Ведьмы повскакивали со своих мест и шустренько побежали в сторону тренировочного комплекса.

Сказано — сделано... после трёх пар у Арри ведьмочки вполне мирно поползли в сторону студенческого женского общежития, а орчанка поспешила в учительскую. Арри нервничала, ведь Алэна так и не пришла забрать своих ведьм, а говорила, что справится быстро.

Влетев в учительскую, Арри наткнулась на растерянную Элаа.

— Где Алэна? — на одном дыхании произнесла Арри.

— Я её ещё сегодня не видела, — пожала плечами Элаа. — Что произошло?

— Она пошла на встречу с матерью, говорила, что быстро вернётся...

— К матери? — нахмурившись, произнесла Элаа. — Тебе не кажется это подозрительным, учитывая, что месяц Алой Луны ещё не закончился, а отец Алэны уж очень сильно хотел заполучить свою дочь, чтобы заменить на ритуале свою чистокровную племянницу на полукровку?

Арри ахнула, осознавая масштабы возможной беды. Теперь нужно было срочно что-то предпринимать.

— Карах... — выругалась Арри. — Я ведь ей говорила, не идти! Восемнадцать лет было плевать на дочурку, а сейчас всем понадобилась!

Арри развернулась и быстро направилась к двери.

— Ты куда? — окликнула её Элаа.

– Сэйра найду и предупрежу, – обернувшись, произнесла Арри.

– Я с тобой, – эльфийка, приподняв подол длинного платья, направилась вслед за орчанкой.

– Вот ты где, Элаа, – влетев в учительскую, зло прорычал Рашир рам Ваках, перехватывая свою жену и прижимая её к стене.

Тигр грозно навис над эльфийкой, а она, сощурившись, со всей дури влепила ему пощёчину.

Арри не стала дожидаться, чем закончатся супружеские разборки оборотня и эльфийки, и стремительно побежала по длинному коридору, а потом поднялась на этаж выше. Где искать Сэйра аэр Чёрного она знала.

Влетев в аудиторию, которую предоставили для нужд драконов, Арри нависла над Сэйром, который сидел за столом и что-то задумчиво чертил. Рядом с ним сидел Дэйр, наклонив голову на бок и рассматривал чертёж.

При появлении Арри оба дракона нахмурились и посмотрели на орчанку.

– Арри? – удивлённо произнёс Дэйр. – Что-то случилось?

– Алэну, кажется, похитили, – тихо произнесла Арри и нервно присела на свободное кресло. Сэйр сразу же потемнел лицом, сжал ладони в кулаки до хруста в суставах и в упор посмотрел на орчанку.

– Парнишка-студент ещё утром передал ей записку от матери, которая якобы просила о встрече. В гостинице... тут недалеко... всего пару кварталов от академии. Алэна попросила её подменить и обещала быстро вернуться, но... Её до сих пор нет!

– Твою мать! – Сэйр рыкнул и со всей силы ударил кулаком по столу. Тот такой мощи не выдержал и переломился ровно посерединке. Дракон вскочил со стула. – Чувствовал же, что нельзя её отпускать, а нет, решил поиграть в доверие... и ведь не сказала, к кому на самом деле идёт! И идиоту понятно, что эта тварь просто так здесь бы не появилась!

ЗАМУЖ? НЕТ!

– Сэйр… – Дэйр тоже поднялся на ноги и попробовал успокоить своего родственника и друга. – Мы найдём её.

– Да, но действовать нужно быстро, – добавила Арри. – Мы не знаем, сколько у нас времени.

Сэйр и Дэйр обменялись взглядами и кивнули.

– Как я мог не предусмотреть, что Раймон может подкупить свою бывшую любовницу? – нервно выдохнул Сэйр. – И таким способом попробует выкрасть мою жену? Идиот…

– Жену? – удивлённо произнесла Арри. Вспомнив слова Алэны о метках и истинных парах, её передёрнуло.

Никто из драконов не спешил отвечать на вопрос Арри, она начала подниматься.

– Всего не предусмотришь, – произнёс Дэйр, затем стал сзади орчанки и положил свои широкие ладони на её плечи. Он заставил девушку снова сесть в кресло. – Наш план действий?

– Отправлю наших драконов прочесать все гостиницы. Если получится, поймаем Валенсию… но я думаю, ни её, ни Алэны уже нет на территории Хрустального княжества.

– Тоже так считаю, – кивнул Дэйр, – но проверить стоит. Дальше?

– Аная одела на внучку следящий артефакт, – Арри снова дёрнулась, но Дэйр её снова придержал на месте. Сэйр покачал головой. – Я возьму отслеживающую часть артефакта и отправлюсь в путь.

– Логично, – кивнул Дэйр.

– Дэйр, твоя каяра будет сейчас только мешать, – заметил Сэйр.

– Знаю, – немного обречённо произнёс Дэйр. – Я решу вопрос и сразу к тебе. Сэйр, не стоит идти на территорию агатовых одному!

Сэйр кивнул, взмахнул рукой, открыл портал и исчез в нём.

– Портальщики демоновы… – выругалась Арри, возмущённо сбрасывая руки Дэйра со своих плеч и встала. Она развернулась к нему. – Что значит буду мешать? У меня подруга пропала!

– Сейчас важно вытащить одно наивное стихийное бедствие из неприятностей. Заниматься одновременно двумя... – Дэйр покачал головой.

– Дэйр! – Арри подошла ближе и ткнула указательным пальцем в грудь дракона. – И что там, кстати, по поводу перемещений в пространстве во время сна, меток и истинных пар? Алэна – жена Сэйра?

– Они истинные, – усмехнулся Дэйр.

– Я надеюсь на мне нет твоих меток? – подозрительно прищурившись произнесла Арри.

– Надейся, радость моя, – тихо рассмеялся Дэйр и, рванув девушку за руку, развернул её спиной к себе, аккуратно стянул с плеча тонкую бретельку спортивного топа и прошёлся подушечками пальцев по лопатке.

– Твою мать! – выдохнула Арри.

– С мамой я тебя со временем познакомлю, – прошептал Дэйр, наклоняясь ниже и нежно целуя девушку в шею. Дракон прижал Арри к себе, положив ладони на её грудь. Даже сквозь ткань чувствовался жар его тела. Поцелуи медленно перетекли к мочке уха, и раздался чувственный шёпот. – Кстати, по поводу материнства. Ты когда в последний раз пила противозачаточное средство? Выкинь эту гадость, она тебе больше не нужна, радость моя, потому что у нас будут дети. И если это будет зависеть от меня, то много и в ближайшем будущем.

– Совсем сдурел? – возмущённо произнесла Арри, вывернувшись из его рук она развернулась, хмуро посмотрев на дракона. – Я иду вместе с вами освобождать Алэну, и это не обсуждается!

– Не обсуждается, так не обсуждается, – усмехнулся Дэйр и, как пушинку, забросил Арри себе на плечо.

– Поставь на землю!

— Как скажешь, котёнок, — хмыкнул Дэйр, открыл портал и сделав шаг вошёл в него

— Дэйр, Дэйр! Я серьёзно! — шипела Арри, со всей дури она била дракона по спине кулаками. — Куда ты меня тащишь, ящерица облезлая?

— Посидишь пока в диамантовом замке под присмотром Карри аэр Диамантового, — хмыкнул Дэйр. — А мы с Сэйром спасём его каяру, а уже потом... Потом, моя каяра, мы очень серьёзно поговорим с тобой!

— Какого демона, Дэйр! И что значит присмотрит Карри аэр Диамантовый? Это же глава вашего клана!

— А ещё мой родственник и друг, — усмехнулся Дэйр.

— Дэйр, я, вообще, замуж не планировала выходить! — выдохнула возмущенно Арри.

— Я тоже не предполагал, что встречу на землях Хрустального княжества свою истинную, — пожал плечами Дэйр. — И не думал, что она окажется проблемной.

— Что ты сказал? — прорычала Арри, но её голос затерялся в бушующей энергетике пространственного портала.

ГЛАВА 6

Спальня Дэйра в диамантовом замке излучала строгость и функциональность. Декор был минималистичен до предела: никакой пышности, только сухая эффективность, отражающая натуру лидера, чьи обязанности требуют неукоснительного контроля и организации. Тем не менее, в этом строгом окружении присутствовал свой, особый комфорт, который напоминал о том, что даже среди минимализма есть место уюту.

Арри уже трое суток сидела в ней безвылазно, и её здесь всё... в общем, дико бесило. А ещё она нервничала! Причём нервничала и из-за Алэны, не зная, что сейчас происходит с подругой, и из-за Дэйра. Вредный дракон притащил её в свой клан и сдал с рук в руки Карри аэр Диамантовому, попросив его присмотреть за орчанкой, а сам сразу же ушёл порталом! И вот где он сейчас? Что с ним...что с Алэной?

Мириться с участью узницы... правда, в первый день она была в статусе гостя, а не пленницы, но это мелочи. А вот, мириться с этим Арри не собиралась.

Первая её попытка побега состоялась в тот же день: она просто выбила окно в одной из башен и попыталась спуститься вниз, как скалолаз. Спустилась... а там Карри аэр Диамантовый, подхватил за шкирку и оттащил обратно в спальню к Дэйру, правда, не запер. Вторая попытка состоялась ближе к вечеру. Арри стащила с драконьей лаборатории несколько ингредиентов во время экскурсии, смешала их... думала, что только дверь вылетит, но в итоге пол стены снесло. Вот этого тонкая психика главы диамантовых драконов уже не выдержала. Запер в спальне Дэйра, ещё и защитную вязь наложил на стены, пол и потолок, окна. Так, чтобы наверняка не выбралась и не создавала проблем. Пищу доставляли три раза в день маленьким порталом. То есть над столом открывался портал, и на нем появлялся пакет с едой и водой. С голоду не сдохнешь, в портал не пролезешь.

– Драконы... – недовольно произнесла Арри, устремив взгляд в потолок.

Арри лежала на кровати, расположенной в уединённом уголке комнаты. Тёмные простыни... бархатные занавески затеняли окна, наполняя пространство полумраком. Лёгкие отблески света магических светильников танцевали на стенах, создавая мягкое и таинственное освещение. На столике у кровати красовался серебряный поднос с травяным чаем, к которому Арри ещё не прикоснулась, оставляя его для себя как напоминание о её нынешнем положении.

Девушка продолжала всматриваться в потолок, на котором разными цветами переливалась энергетическая сетка защитного барьера, накручивая при этом на палец прядь каштановых волос. Скрипнула дверь, и в комнату вошёл Дэйр. Дракон выглядел уставшим и помятым. Арри, зло скрипнув зубами, приняла полусидячее положение, подхватила подушку и швырнула её в сторону дракона.

– Я тоже рад тебя видеть, радость моя, – хмыкнул Дэйр, поймав подушку в полёте. Дракон медленно подошёл к кровати, положил на неё подушку, а сам присел на корточки прямо напротив Арри и заглянул в её глаза. – Скучала? – прошептал диамантовый, положив ладонь на щиколотку орчанки, плавно провел ею до колена девушки, а потом переместил руку ещё выше... на бедро, поднырнув пальцами под тонкую ткань рубашки и вот уже на этом месте замер.

Арри усмехнулась. На ней сейчас рубашка Дэйра, поняв, что выйти отсюда она не сможет, а к ней никто не зайдёт... Девушка предпочла ходить в помещении не в узких бриджах и топе, а выбрав из гардероба Дэйра одну из его рубашек, использовала её как халат.

– Я думала, с ума здесь сойду! – выдохнула Арри.

– Если бы ты не разрушила одну из стен замка, то Кэрри тебя бы здесь не запер, – пожал плечами Дэйр. – Он слишком ревностно относится к этому замку. Считай, десять лет восстанавливал после того, как его попытались здесь убить во время попытки очередного переворота.

– А я бы, на его месте наоборот, стёрла это место до основания, чтобы избавиться от таких мрачных воспоминаний, – Арри аж передёрнула плечами, теперь понимая, почему так нервничал глава диамантовых.

– У каждого свои тараканы в голове, – усмехнулся Дэйр. – В любом случае, стены или предметы не виноваты в алчности живых существ, а память... плохие воспоминания можно заменить хорошими. Поговорим?

– Вначале расскажи мне, что с Алэной, – немного устало произнесла Арри. – Я же волновалась! И из-за неё, и... – нервно прикусив губу, всё же призналась. – И из-за тебя тоже.

– Это радует, – прошептал Дэйр, он, приподняв руку, погладил Арри по щеке костяшками пальцев. Потом встав на ноги, стал снимать с себя рубашку, поймал на себе возмущённый взгляд Арри и усмехнулся. – Не поверишь, просто спать хочу, устал, как стая голодных собак. С твоей подругой всё хорошо. Мы с Сэйром успели вовремя, можно сказать, почти отделалась лёгким испугом. Отец от неё отрёкся, и больше Алэне ничего не угрожает...

– Сам отрёкся? – не веря, спросила Арри.

– Сэйр помог агатовому принять правильное решение, – немного с иронией в голосе произнёс Дэйр.

– Алэна здесь?

– Здесь, но тебя к ней не пустят. Да и Сэйр в ближайшее время перенесёт свою каяру в дом её бабушки. Ей там будет легче адаптироваться и прийти в себя, – качнул головой Дэйр, потом снял штаны, оставшись только в нижнем белье, и бросил взгляд на Арри. – Ты справа или слева предпочитаешь лежать?

— Без разницы, — пожала плечами Арри.

— Тогда двигайся, — Дэйр улыбнулся и залез на кровать, вольготно развалившись рядом с Арри. — Боги, мечтал об этом целую вечность, — прошептал дракон, подхватив её ладонь и переплетая их пальцы. — Мы истинные, Арри.

— Это ты сейчас утверждаешь или спрашиваешь? — усмехнувшись спросила Арри.

— Констатирую факт, — мужчина пожал плечами.

— Прозрачный намёк, что меня ты не отпустишь? — приподняла одну бровь орчанка.

В какой-то степени хорошо, что прошло немного времени. Арри смогла подумать и была уже готова к диалогу.

— А ты хочешь уйти, радость моя? — усмехнулся Дэйр и серьёзно посмотрел на девушку.

Арри не выдержала его взгляда и отвела глаза, усмехнувшись. Вот что ему ответить? Если честно, она не хотела покидать Дэйра. Осознание того, что для дракона она не просто любовница, а истинная пара, примирило её с многими вещами, но... с внутренними демонами бороться было мучительно тяжело.

— Почему, Арри? Я плохо к тебе отношусь? Может, плохой любовник? Или...

— Просто решил всё за меня, — Арри снова посмотрела на него и на этот раз не отводила взгляд.

— Ну, если уж совсем откровенно, то за нас обоих решило мироздание, — немного печально произнёс Дэйр, и это царапнуло душу Арри. — Энергетическая привязка идёт полным ходом. Меня штормит, как желторотого птенца, очень тяжело себя сдерживать и контролировать. Вообще, привязка формируется в течение года, но это уже тонкие и многогранные моменты. Основной пик придётся на эту неделю. Извини, но пока я тебя не отпущу. Дверь открыта, взаперти тебя никто держать не собирается, но прежде, чем совершать глупые попытки побега, хорошо подумай. Мы на острове, кораблей здесь нет, а ты не портальщик.

— А что будет через неделю? — вздохнув спросила Арри.

— Верну тебя в Хрустальное княжество, — устало произнёс Дэйр

— И...

— И в покое не оставлю! Ты моя истинная, и я не смогу без тебя. Просто дам тебе больше времени привыкнуть ко мне и изменю подход. Вопрос с твоим отцом решён, больше он тебя не побеспокоит, — честно ответил Дэйр.

— И во сколько он меня оценил?

— На самом деле, он по-своему любит тебя, — задумчиво произнёс Дэйр.

— Сколько?

— Десять мешков золота, — вздохнув, произнёс Дэйр.

— Сколько? — немного нервно произнесла Арри.

— Я бы заплатил и больше, не в этом суть, — дракон качнул головой. — Чтобы ты не напридумывала глупостей, уясни, что покупал я не тебя, а твой и свой покой. Так чем я тебя не устраиваю, котёнок?

Арри пожала плечами. Да, собственно, он всем её устраивал. Просто теперь нужно было самой перестраиваться, менять взгляды на жизнь и рисовать новое будущее. Будущее, в котором у неё есть семья, дети... Всё это было так странно и непривычно.

— Арри? — настойчиво спросил дракон.

— Что будет с моей работой? — прошептала орчанка и посмотрела на Дэйра. — Ведьмочки, орчанки, магички... Я куратор, а Алэна? Она моя семья, да и Огги я люблю, хоть он... он гад!

— А разве я прошу тебя от чего-то отказываться? — усмехнулся Дэйр. — Всё это решаемые проблемы. Я портальщик, могу переместиться в любое место, где побывал физически, и перенести вместе с собой другого человека. Да и... весь этот и следующий год, и я, и Сэйр будем... скажем так, будем вынуждены в связи с новыми служебными обязанностями жить именно в Хрустальном княжестве.

Арри удивлённо посмотрела на Дэйра, затем усмехнулась и, подвинувшись к нему ближе, поднырнула под его мышку, положив голову на его плечо. Да, она, наконец, призналась сама себе: она влюбилась.

Дэйр улыбнулся, тепло и нежно прижал её к себе, а затем, с лёгкостью опрокинул её на простыню и прижал своим телом к кровати. Его прикосновения были полны страсти и нежности, словно он пытался влить в её душу всю свою любовь, показать глубину своих чувств.

– Ты же хотел спать, – наигранно возмущённо произнесла Арри, еле сдерживая улыбку.

– Тебя я хочу больше, котёнок, – прошептал Дэйр, его голос был полным нежности. – Люблю тебя, – прошептал дракон прежде, чем его губы слились с её губами в поцелуе, который был одновременно страстным и бережным. Он целовал её, словно заново открывая для себя вкус её губ, погружаясь с головой в каждое мгновение их единения.

Страстный, чувственный поцелуй постепенно перерастал в нечто большее, где соединялись не только тела, но и души, энергии...

Don't miss out!

Visit the website below and you can sign up to receive emails whenever Olena Shevtsova publishes a new book. There's no charge and no obligation.

https://books2read.com/r/B-A-OCFU-LOFPE

BOOKS 2 READ

Connecting independent readers to independent writers.

Did you love *Замуж? Нет!*? Then you should read *Некромант в планы не входит* by Olena Shevtsova!

Моим суженым оказался маг-некромант, а я ведьма!

Я сбежала от жениха, но был ли это правильный поступок? Всё ли так просто? Или для любви нет преград?

Also by Olena Shevtsova

Заповедный лес
Сказки Заповедного леса

Standalone
Кощеевна
Ведьма и медведь
Відьма та ведмідь
Все можно изменить Другая реальность
Искорка счастье тебя найдет
Іскорка щастя тебе знайде
Александр. Среди холодных звёзд
Людина синонім зла
Олександр. Серед холодних зірок
Человек синоним зла
Белое с Чёрным идеальное сочетание
Біле озеро
Дракон на виданні
Дракон на выданье
Хранителька та Володар Вітрів
Хранительница и Повелитель Ветров
Некромант в планы не входит
Некромант до планів не входить

Замуж? Нет!

www.ingramcontent.com/pod-product-compliance
Lightning Source LLC
Chambersburg PA
CBHW021744150726
47989CB00004B/1513